过好这一生

紫澜 作品

湖南文艺出版社
HUNAN LITERATURE AND ART PUBLISHING HOUSE

博集天卷
CS-BOOKY

目录 Contents

吃好，喝好，日子过好 *001*

古人四十件乐事　　　002

谈眼镜　　　005

孤僻　　　009

别绑死自己　　　012

猫经　　　015

当小贩去吧!　　　018

儿时小吃　　　022

着着实实的一餐　　　025

在日本吃鱼　　　029

反对火锅　　　032

爱憎分明　　　035

鲜　　　039

浅尝　　　042

大业郑　　　045

又来首尔　　　049

微博十年　　　052

料理节目　　　055

駅弁　　　058

大排档　　　062

游戏的终结　　　065

家乡菜　　　069

活得有趣
得自在 073

顺德行草展	074	"任性"这两个字	120
泰国手标红茶	078	猫的观察者	123
丹尼尔·席尔瓦作品	081	东方快车	126
家常汤	084	镛镛	130
莆田	088	问题问题一箩筐	134
要你命的老朋友	091	乘车到澳门	137
钱汤	095	喜欢的字句	140
最有营养食物一百种	099	再到福井吃蟹	144
好莱坞电影	102	重游京都	147
满足餐	106		
有声书的世界	109		
耐看	113		
想去日本	116		

好日子
终会来到

151

大班楼的欢宴   152

去哪里?   155

准时癖   158

意大利菜,吾爱   162

包饺子   165

单口相声   169

为《倪匡老香港日记》作序   173

电影主题曲   176

家中酒吧   180

自制雪糕   183

活在瘟疫流行的日子   187

疫后旅行   190

疫后旅行·台湾篇   193

人间好玩
才值得

197

玩瘟疫   198

玩大菜糕   201

超出常理   205

咸鱼酱的吃法   208

玩出版   211

疫情中常吃的东西   215   只限不会中文的老友   226

玩种植   219   单独旅行   229

老头子的东西   222   电影火凤凰   232

                                       流媒体天下   235

                                       君子国   239

                                       宝   243

                                       搜索些什么？   246

吃好，喝好，

日子过好

古人四十件乐事

古人有四十件乐事：

一、高卧。二、静坐。三、尝酒。四、试茶。五、阅书。六、临帖。七、对画。八、诵经。九、咏歌。十、鼓琴。十一、焚香。十二、莳花。十三、候月。十四、听雨。十五、望云。十六、瞻星。十七、负暄。十八、赏雪。十九、看鸟。二十、观鱼。二十一、漱泉。二十二、濯足。二十三、倚竹。二十四、抚松。二十五、远眺。二十六、俯瞰。二十七、散步。二十八、荡舟。二十九、游山。三十、玩水。三十一、访古。三十二、寻幽。三十三、消寒。三十四、避暑。三十五、随缘。三十六、忘愁。三十七、慰亲。三十八、习业。三十九、为善。四十、布施。

从前大部分乐事都不要钱的，当今当然没那么便宜，谈的只是一个观念。

高卧，睡个大觉，不管古今，大家都喜欢，可是很多都市人睡得不好，只有吞安眠药去。静坐，都市人谈不上，我们劳心劳力，坐不定的。

尝酒可真的是乐事，现在已可以品尝各种西洋红白酒，较古人幸福得多。试茶，人人可为，不过茶的价钱被今人炒得不像话，什么假普洱也要卖到几千几万，拍起卖来甚至到成百万元，实在并非什么雅事。

阅读的乐趣最大，不过大家已对文字失去兴趣，宁愿看图像，连最新消息也要变成什么动新闻，看得十分痛心。

临帖更是不会去做。对画？对的只是漫画。

诵经只求报答，求神拜佛，皆有所求。《心经》还是好的，念起来不难，得个心安理得，是值得做的一件事。

咏歌？当今已变成去唱卡拉OK了。真正喜欢音乐的人到底不多，鼓琴更没什么人会去玩了。

焚香变成了点烟熏，化学味道一阵阵。檀香和沉香等已是天价，并非人人烧得起的。

最难的应该是莳花了。"莳花"这两个字指的是栽花种花，整理园艺，栽培花的品种，当今只是情人节到花店买一束送送，并非古人的"莳花弄草卧云居，漱泉枕石闲终日"了。

候月？今人不会那么笨，有时连头也不抬，月圆月缺，关吾何事？

听雨吗？雨有什么好听的？今人怎会欣赏宋代蒋捷的"少年听雨歌楼上，红烛昏罗帐。壮年听雨客舟中，江阔云低，断雁叫西风。而今听雨僧庐下，鬓已星星也。悲欢离合总无情，一任阶前，点滴到天明"？

望云来干什么？要看天气吗？打开电视机好了。

瞻星？夜晚已被霓虹灯污染，怎么看也看不到一颗。有空旅行去吧，在沙漠的天空，你才会发现，啊，怎有那么多。

"负暄"这两个字有两种解释，一是向君王敬献忠心。很多人以为这两个字只有这个意思，不知道它还有第二个解释，即在冬天受日光曝晒取暖，这才是真正的乐事。

赏雪吗？今天较幸福，一下子飞到北海道去。

看鸟去是不敢了，有禽流感呀。

观鱼较多人做，养鱼改改风水，挡挡灾。不然养数百数千数万的锦鲤，发财喽。

漱泉吗？水被污染得那么厉害，怎么漱？就算有干净的泉水，也被商人装成矿泉水去卖，剩下的才用于第二十二条的濯足。

倚竹？当今只有在植物公园里才看到竹，普通人家哪有花园来种。抚松也是，只能在辛弃疾的词中联想："昨夜松边醉倒，问松我醉何如？只疑松动要来扶，以手推松曰：'去！'"

远眺，香港的夜景，还是可观的。

俯瞰，从飞机的窗口看看香港的高楼大厦吧。

散步还是一项便宜的运动，慢跑就不必来烦我了。

今人怎有地方荡舟？有点钱的乘游轮看世界，没有的只好来往天星码头。

早上学周润发爬山的好事，至于玩水，在香港的公众浴池，有些人会在中间小解的。

访古最好去埃及看金字塔，寻幽就要到约旦的佩特拉看红色的古城。

当今人真幸运，旅行又方便又便宜，天热可往泰国消暑，又有按摩享受；天寒可到韩国滑雪，又有美味的酱油螃蟹可食。

第三十五的随缘已涉及哲学和宗教了，大家都知道，但大家都做不了。第三十六的忘愁也是一样。

第三十七的慰亲赶紧去做吧，要不然有一天会后悔的。

第三十八的习业是把基本功打好，经过这段困苦而单调的学习过程，一定懂得什么叫谦虚。

最后的两件事——为善和布施，尽量去做，如果不是富翁，在飞机上把零钱捐给联合国儿童基金会吧。

谈眼镜

看中了一副眼镜，问价钱，中环的卖港币四千五，尖沙咀的三千五，友人店里说两千五。我想，跑到了旺角，应该是一千五吧？

眼镜的利润是惊人的，而且目前的眼镜已是时尚品，讲究名牌，功能已没那么重要了。这是全世界的走向，也没什么好批评的，愿者上钩罢了。

从前，戴眼镜会被同行、同学取笑，什么四眼仔之类的名称，都是发明出来骂人的。那时候大家眼睛好，不像当今小孩眼睛都有毛病，你到班上一看，不戴眼镜那个才出奇。既然戴眼镜的人多了，就有生意做，商人当然想出眼镜当时尚品的广告来。

有人做过街头访问，发现没有人会只拥有一副眼镜。多副干什么？衬衣服呀！他们瞪大了眼睛，笑你是乡下人。

算起来，我也有上百副眼镜，放在家中一个角落里，随时找，随时有。这是从倪匡兄那里学来的。他住旧金山时，家人回香港，吩咐一做就是十副八副，因为在外国，眼镜要医生证明才可以买到。

香港人才不理你，以前的验眼师有执照的少，在眼镜店当几年学徒就可以帮客人测眼了。

不戴眼镜不知道，仔细一看，那么一副东西，竟有十几个小小的零件，螺丝就有不少。便宜的镜片时常脱落，是件烦事，顶住鼻子的那两粒胶片也不稳固，我一买就是一袋，掉了自己换上。

人生已够沉重，我买眼镜，第一个条件就是非轻不可。曾经找到一副世上最厉害的，比乒乓球还要轻，可以浮于水上。奈何这种眼镜一下子就坏，用了几个月就得换另一副。

如果要轻，那么玻璃镜片一定派不上用途，得改选塑胶。塑胶片有一毛病，就是容易磨花，尤其是像我这种把眼镜乱丢的人，镜片一花，又要去眼镜店换了。

另一个最大的折腾，是镜片容易沾上指纹、油脂等。一脏了就非擦个干干净净不可。有种种方法应付，第一是眼镜布，最新科技做出来的，但总不好用，还是用眼镜纸，有些是带着肥皂的，有些是酒精的。每次擦完眼镜，便擦手机和iPad（苹果平板电脑）。另有一种方法是放进震动器，像眼镜店的，发现还是不好用。其他的有一整罐的手压喷水式清洗液。总之看到什么擦眼镜的新发明，一定要买，家里至少有几十种。

每一家时装名牌都会出眼镜，最初是太阳眼镜，当今连近视、远视的眼镜也有。是意大利或法国做的吗？不一定，仔细一看，设计是他们，但日本产的居多。

在日本福井县，有一个叫鲭江（Sabae）的地区，专门做眼镜框，全村的人，约七个之中就有一个干眼镜业。你专门做螺丝，你专门做夹鼻子的钩，你专门做镜柄，等等，分工分得极细，把所有部件组合起来，才成为一副眼镜。

这是有历史背景的。在十九世纪末，鲭江就做眼镜，因为当地的地形，一下雪就把整个村子封住，村民出不了门，就在家里打金丝，组成眼镜框，一直发展至今。日本约百分之九十五的眼镜都在鲭江做，当今不只做给本国人，外国来的订单已逐渐多了起来，世界名牌都来找他们。

令鲭江在世界闻名的，还有另一项发明，那就是他们第一个用钛（titanium）来做眼镜框。钛是一种既轻又牢固的金属，但极不容易造型，鲭江人有耐性，一条眼镜柄要敲打五百下才能造成，就打它五百下，终于做出优质的眼镜来。

最近，鲭江人又发明了另一项产品，叫"纸眼镜"（paper glasses），折叠起来，像纸一样薄，我即刻买了一副，但一下子就坏。我把它放在我旅行时必带的稿纸袋中，当成备用，平常戴的那副一出毛病，即可拿出来，放心得很。

我一直喜欢圆形的镜框，但给可恨的哈利·波特抢了风头，他那么一戴，天下人都用上那副圆形的东西，老土变成了流行。我看我要把那些溥仪式的框子藏起来，等到大众不跟风了再拿出来。

玳瑁壳的镜框也买过，并没有想象中那么好看，而且又笨重，已当成收藏的一部分。当今名设计家的作品，也一味是怪，从来不从人性考虑，重得要死。

虽然并不跟潮流，也不重视名牌，但名牌之中也有些质量极佳的。诗乐（Silhouette）不错，但说到又轻又实用又牢固，还是要算丹麦的林德伯格（Lindberg）。

太阳眼镜的话，名牌子雷朋（Ray-Ban）有一定的位置，当然当今也被当是老土，如果你有一副，好好收藏吧，终有一天重见天日。

孤僻

年纪越大，孤僻越严重，所以有"grumpy old man"（爱发牢骚的老人）这句话。

最近尽量不和陌生人吃饭了，要应酬他们，多累！也不知道邀请我吃饭的人的口味，叫的不一定是我喜欢的菜，何必去迁就他们呢？

餐厅吃来吃去，就那么几家信得过的，不要听别人说"这家已经不行了"，自己喜欢就是，行不行我自己会决定。我很想说："那么你找一家比他们更好的给我！"但一想，这话也多余，就忍住了。

尽量不去试新的食肆。像前一些时候被好友叫去吃一餐淮扬菜，上桌的是一盘熏蛋。本来这也是倪匡兄和我都爱吃的东西，岂知餐厅要卖贵一点，在蛋黄上加了几颗莫名其妙的鱼子酱，倪匡兄大叫："那么腥气，怎吃得了！"我则不出声了，气得。

当今食肆，不管是中餐西餐，一要卖高价，就只懂得出这三招——鱼子酱、鹅肝酱和松露酱，好像把这三样东西拿走，厨子就不会做菜了。

食材本身无罪，鱼子酱腌得不够咸，会坏掉；腌得太淡，又会腐烂；刚刚好的，天下也只剩下三四个伊朗人能做出。如果产自其他地方，一定咸得剩下腥味。唉，不吃也罢。

鹅肝酱真的也只剩下法国佩里戈尔（Périgord，法国地名）的，只占世界产量的百分之五，其他百分之九十五都来自匈牙利和其他地区。劣品吃出一种死尸味道来，免了，免了。

说到松茸，那更非日本的不可，只切一小片放进土瓶烧中，已满屋都是香味。用韩国的次货，香味减少。再来就是其他的次次次货，整根松茸扔进汤中，也没味道。

现在算来，用松茸次货已有良知，当今用的只是松露酱，意大利大量生产，一瓶也要卖几百港币，觉得太贵。用莫名其妙的吧，只要一半价钱，放那么一点点在各种菜上，又能扮高级，看到了简直倒胃。目前倒胃东西太多，包括了人。

西餐其实我也不反对，尤其是好的，不过近来逐渐生厌。为了那么一餐，等了又等，一味用面包来填肚，再高级的法国菜，见了也害怕。

只能吃的，是欧洲乡下人做的，简简单单来一锅浓汤，或煮一锅炖菜或肉，配上面包，也就够了。从前为了追求名厨而老远跑去等待的日子已过矣，何况是模仿的呢。假西餐只学到在碟上画画，或来一首诗，就是什么高级、精致料理。上桌之前，又来一碟三文鱼刺身，倒胃，倒胃！

假西餐先由一名侍者讲解一番，再由经理讲讲，最后由大厨出面讲解，烦死人。

讲解完毕，最后下点盐。双指抓起一把，屈了臂，做天鹅颈项状，扭转一个弯，撒几粒盐下去，看了不只是倒胃，简直会呕吐出来。

我以为天然才好的料理也好不到哪里去，最讨厌北欧那种假天然菜，没有了那根小钳子就做不出。已经不必去批评分子料理了，开发者知道自己已技穷，玩不出什么新花样，自生自灭了。我并不反对去吃，但是试一次已够，而且是自己不花钱的。

做人越来越古怪，最讨厌人家来摸我，握手更是免谈。"你是一个公众人物，公众人物就得应付人家来骚扰你！"是不是公众人物，别人说的，我自己并不认为自己是，所以不必去守这些规矩。

出门时已经一定要有一两位同事跟着了，凡是遇到人家要来合照的，我也并不拒绝，只是不能拥抱。又非老友，又不是美女，拥抱来干什么？最讨厌人家身上有股异味，抱了久久不散，令我周身不舒服，再洗多少次澡也还是会留住。

这点助理已很会处理，凡是有人要求合照，代我向对方说："对不起，请不要和蔡先生有身体接触。"

自认有点修养，从年轻到现在，很少说别人的坏话。有些同行的行为实在令人讨厌，本来可以揭他们的疮疤来置他们于死地，但也都忍了，遵守着香港人做人的规则，那就是：活，也要让人活！英语是Live and let live!

在石屎森林（粤语，指高楼大厦）中活久了，自有防御和复仇的方法，不施展，也觉得不值得施展而已。

别绑死自己

又是新的一年，大家都在制订今年的愿望，我从不跟着别人做这等事，愿望随时立，随时遵行便是。今年的，应该是尽量别绑死自己。

常有交易对手相约见面，一说就是几个月后，我一听全身发毛，一答应，那就表示这段时间完全被人绑住，不能动弹。那是多么痛苦的一件事。

可以改期呀，有人说，但是我不喜欢这么做，答应过就必得遵守，不然不答应。改期是噩梦，改过一次，以后一定一改再改，变成一个不遵守诺言的人。

那么怎么办才好？最好就是不约了，想见对方，临时决定好了。喂，明晚有空吃饭吗？不行？那么再约，总之不要被时间束缚，不要被约会钉死。

人家有事忙，可不与你玩这等游戏，许多人都想事前约好再来，尤其是日本人，一约都是早几个月。"请问你六月一日在香港吗？是否可以一见？"

对方问得轻松，我一想，那是半年后呀，我怎么知道这六个月之间会发生什么事？心里这么想，但总是客气地回答："可不可以等时间近一点再说呢？"

但这也不妥，你没事，别人有，不事前安排不行呀！我这种回答，对方听了一定不满意的，所以只有改一个方式了："哎呀！六月份吗？已经答应人家了，让我努力一下，看看改不改得了期。"

这么一说，对方就觉得你很够朋友，再问道："那么什么时候才知道呢？"

"五月份行不行？"

"好吧，五月再问你。"对方给了我喘气的空间。

说到这里，你一定会认为我这人怎么那么奸诈，那么虚伪。但这是迫不得已的，我不想被绑。如果在那段时间内，我有更值得做的事，我真的不想赴约。

"你有什么了不起？别人要预定一个时间见面，六个月前通知你，难道还不够吗？"对方骂道，"你真的是那么忙吗？香港人都是那么忙呀？"

对的，香港人真的忙，他们忙着把时间储蓄起来，留给他们的朋友。

真正想见的人，随时通知，我都在的，我都不忙的。但是一些无聊的、可有可无的约会，到了我这个阶段，我是不肯绑死我自己的。

当今，我只想有多一点时间学习，多一点时间充实自己，吸收所有新科技，练习之前没有时间练习的草书和绘画。依着古人的足迹，把日子过得舒闲一点。

我还要留时间去旅行呢。去哪里？大多数想去的不是已经去过了吗？不，不，世界之大，去不完的。但是当今最想去的，是从前住过的一些城市，见见昔时的友人，回味一些当年吃过的菜。

没去过的，像爬喜马拉雅山，像到北极探险，等等，这些机会我已经在年轻时错过，当今也只好认了，不想去了。所有没有好吃东西的地方，也都不想去了。

后悔吗？后悔又有什么用？非洲那么多的国家，刚果、安哥拉、纳米比亚、莫桑比克、索马里、乌干达、卢旺达、冈比亚、尼日利亚、喀麦隆，等等等等，数之不清，不去不后悔吗？已经没有时间后悔了。放弃了，算了。

好友俞志刚问道："你的新年大计，是否会考虑开'蔡澜零食精品连锁店'？你有现成的合作伙伴和朝气勃勃的团队，真的值得一试……"

是的，要做的事真的太多了。我现在处于被动状态，别人有了兴趣，问我干不干，我才会去计划一番，不然我不会主动地去找事来把自己忙死。

做生意，赚多一点钱是好玩的，但是，一不小心就会被玩，一被玩，就不好玩了。

我回答志刚兄道："有很多大计，首先要做的，是不把自己绑死的事。如果决定下一步棋，也要轻松地去做，不要太花脑筋地去做。一答应就全心投入，就会尽力，像目前做的点心店和越南粉店，都是百分之百投入的。"

志刚兄回信："说得好，应该是这种态度。但世上有不少人，不论穷富，一定要把自己绑死为止。"

不绑死自己，并不是一件容易的事，我花光了毕生的经历，从年轻到现在，往这方向去走，中间遇到不少人生的导师。像那个意大利司机，他向我说："现在烦恼干什么，明天的事，明天再去烦吧！"

还有在海边钓小鱼的老嬉皮士，我向他说："老头，那边鱼大，为什么在这边钓？"他回答道："先生，我钓的是早餐。"

更有我的父亲，他向我说："对老人家孝顺，对年轻人爱护，守时间，守诺言，重友情。"

这些都是改变我思想极大的教导，学到了，才知道什么叫放松，什么叫不要绑死自己。

猫经

我只是喜欢猫而已。

如果现在能像丰子恺先生那样，写稿画画时，还有一只小白骑在肩上欣赏作品，那该有多好！或者，在生活单调时，猫会用身体来蹭蹭你，让你的枯燥人生卷起一阵涟漪。猫，是把幸福带给你的动物。

猫喜欢人家摸。若邂逅一只有灵性的，它需要爱的时候，会用手轻轻动你几下，然后往自己的头上拍去，指示你去摸它，它永远是主人。

有些人喜欢狗，不爱猫。狗听话，猫不听话。但我是爱不了狗的，它总是带着哀求的眼神望着你，等着你发命令；它整天想讨好你，十足的奴才相。我们身边这种像狗的人已经够多，不必再和狗玩了。

"你那么喜欢猫，为什么不养一只？"友人问。

什么？养一只，说得轻松，你对得起猫吗？猫不能活在笼子里面，我们在大都市的公寓，对猫来说，不过是一个大一点的笼子罢了，空间实在太小了。

要养猫的话，房子至少要像我们从前新加坡的老家，有个大花园，有树有草，猫可以爬上去抓鸟儿，或者躲避恶狗的侵袭。吃错了东西之后，猫可以在花园中找到草药来医治自己。这才对得起猫。

猫是不爱冲凉的，偶尔洗洗可以，每天洗就要它们的老命。猫爱干净，会用舌头舔洁自己身上的毛；排泄之后，会用泥土来掩埋。这习性已存在于它们身上数千万年。它们大解完毕，还要在士敏土（水泥）的地上拼命做挖泥土状，我一看到就代它们悲哀。

更可怜的是，我们小时候养猫，把小鱼煮熟了混在饭里让它们吃，现在是吃一包包的猫粮，一粒粒的硬块，永远是味道一样的东西。

摸猫也是一门绝技，要等到它们自动献身时，先从背上顺毛摸去。但这太普通，猫不感到欢乐，要从背上逐渐转到胸前，再抓颈项的底部，这是它们最敏感的部位，一接触，猫就会眯起眼睛。这时的猫最可爱，会把人迷死的。

像人一样，猫也有猫相，美丑区别极大。很多人喜欢的波斯猫，其实是最令人讨厌的，首先它的脸很扁，头顶上几条纹，像是永远皱着眉头，永远看不起别人。虽说狗眼看人低，但任何狗都做不出波斯猫那种势利眼。波斯猫最不可爱。

凡是长毛的，都不容易养育，毛掉得一家都是，怎么清理也不干净。而且这些猫种常患病，命也短。要养的话，养一只毛是蓝颜色的好了，最重要的是选头大的，大头猫永远是比较可爱的。

普通家猫也美，如果能选上一只像花豹一样的最好，这种猫也较其他的聪明。说什么都好，只要能有一只纯种的，已经不易了。因为猫虽然高傲和矜持，但一发情，它们从不选择，说干就干。这时的猫叫声可比厉鬼还要哀怨，一叫就是整个晚上。当今住在城市的猫，已逐渐失去这种野性。

不但哀鸣，还要散发出浓烈无比的味道。有一个兽医的研究，说几里外的雄猫都能闻到。大家一只只前来，母猫也从不推拒，之后一生就是多只，都已经不是原种了，除非是刻意去配的。

现在想起，我尊敬的老人家岛耕二导演，家里也养了一群猫。他说猫最难看的时候，是眼角结有排泄物时，所以一看到就一只只抱在怀里，用最柔软的纸巾替猫擦干净。如果爱猫，必得向他学习。

遗传基因令猫看见像排泄物一样的长条东西就会弹起，不相信，你扔一条黄瓜在它们面前，它们一见就会跳起来。还有一闻到主人的臭脚，表情都是一样，它们会瞪大眼睛，张开嘴巴，做差点要呕吐状，百试百灵。

猫美丽的姿态令人着迷，不管任何时候都是美丽可爱的，有时做媚眼看你，有时跷起脚扮老人状，有时握起拳头不停地打狗，有时伸出长长的爪来，甚至睡觉时也漂亮，而且怎么叫都叫不醒。

猫还会报恩，你对它好，它会猎几只老鼠或鸟儿来回礼。但也别以为它对你死心塌地，它一看到纸盒，就会从你的怀抱跳出来钻进去。

真正爱猫的人会接受猫身上的气味，和它混为一体。我比猫更爱干净，受不了那味道，所以说我不是一个爱猫的人，我只是喜欢猫而已。

当小贩去吧！

年轻人最大的问题是迷惘，不知前途如何；成年人最大的烦恼，是不愿意听无能的上司指点。

在网上，很多人问我这些难题，我的答案只有三个字，那便是
"麦当劳"了。

说多了，很多人误会：你特别喜欢麦当劳的食物吗？你收了他
们的广告费吗？为什么老是推荐？

我可以再三地回答：我不特别喜欢或讨厌麦当劳，理由很简
单，我没有吃过。我不喜欢麦当劳，是因为我最讨厌弄一个铁圈，
把可怜的鸡紧紧捆住，把一种可以千变万化的食材，改成千篇一
律。我讨厌的，是将美食消绝的快餐文化。

至于广告，他们有年轻小丑推销，不必动用到我这个老头。他
们请大明星，更是不成问题。我老是把这三个字推销给年轻人，是
因为他们问我失业怎么办。好的，去麦当劳打工呀，一定有空职，
他们很需要人才。人生怎么会迷惘呢？最差也有一个麦当劳请你。

如果你肯接受麦当劳式的职业训练，今后工作的态度也会有所
改变，就像叫你去当兵一样，你会知道什么是规矩和服从。你再也
不受父母的保护，你知道怎么走入社会，这是人生的第一步。

一切都要靠自己的努力，没有直升机从天而降，去麦当劳打工
是基本功。开一家餐厅，有数不清的困难和危机，对人事的处理，
有学不尽的知识。做任何事都不容易，这是一个最大的教训，麦当
劳会出钱让你学习。

拥有自己的餐厅，就像读书人的理想是开书店一样。喜欢饮食
的人，为什么要朝九晚五替别人打工，为什么不可以把时间和生命

控制在自己手里?

当小贩去吧! 当今是最好的时机。

对的, 香港已经没有小贩这回事, 政府不许, 都要开到店里去。当地产商横行霸道时, 租金是当小贩的最大障碍, 可是现在不同了, 看这个趋势, 房地产价钱一定下跌, 租金也会相对便宜, 是当小贩的最好时机。

和同事或老友一起出来打世界, 一对小夫妻也行, 存了一点钱就可以开店了。从小的做起, 不必靠工人, 不必受职员的气, 同心合力把一件事做好。日本就有这种例子。人家可以, 我们为什么不可以?

最大的好处是自由, 想什么时候营业都行。如果你是一个夜鬼, 那就来开深夜食堂吧。要是你能早起, 特色早餐一定有市场。

卖什么都行, 尽量找有特色的, 市场上没有的。不然就跟风, 人家卖拉面, 你就卖拉面, 但一定要比别人的好吃才行。

我一向认为, 做食肆, 只要坚守着"平""靓""正"这三个字, 绝对死不了人。

"平"是便宜, 字面上是这意思, 但有点抽象, 贵与便宜, 是看物有所值与否。"靓"当然是东西好, 实在, 不花巧。"正"是满足。

有了这三个字, 大路就打开了, 前途无量。

基础打好, 有足够的经验、精力及本钱, 就可以扩大, 就可以第二家、第三家地开下去。但开得越多，风险越大，照顾不到的话，亏本是必定的。

至于卖些什么，最好是你小时候喜欢吃些什么，就卖什么，卖不完自己也可以吃呀！老人家说不熟不做，是有道理的，你如果没有吃过非洲菜就去卖，必死无疑。

即使吃过，只是喜欢是不够的，也别做去学三个月就变成专家的梦，好好学习，从头学起，一步一步走，走得平稳，走得踏实。

香港人最喜欢吸纳新事物、新食物，泰国菜、越南菜，甚至韩国菜、日本菜，都可以在香港生存下去，有些还要做得比本来的更美味。

可以发展的空间很大，也不必去学太过刁钻的，像潮州小食粿汁，就很少人去做。开一档正宗的，粿片一锅锅蒸，一块块切出来，再配以卤猪皮、豆卜之类又便宜又美味的小食，只要味道正宗，所有传媒都会争着报道。

东南亚小吃更有的做，但为什么一味简简单单，又被大众接受的叻沙没有人做得好呢？不肯加正宗的血蚶呀。血蚶难找，有些人说。九龙城的潮州杂货店就可以买到。

别小看小贩，真的会发达的，我就亲眼看到过许多成功的例子，由一家小店开始，做到十几二十间分行。当小贩不是羞耻的行业，当今有许多放弃银行高薪而出来在美食界创业的年轻人。经过刻苦耐劳，等待可以收获的日子来到，那种满足感，笔墨难以形容。

好，大家当小贩去吧！

儿时小吃

一生已足，回去干什么？但是，如果能够，倒是想尝尝当时的美食。

早年的新加坡，像一个懒洋洋的南洋小村，小贩们刻苦经营，很有良心地做出他们传统的食物。那时候的那种美味，不是笔墨能够形容的。

印象最深的是同济医院附近的小食档，什么都有。一摊子卖的卤鹅，卤水深褐色，直透入肉，但一点也不苦，也没有丝毫药味，各种药材是用来软化肉的纤维，咸淡恰好。你喜欢吃肥一点的，小贩便会斩脂肪多的腿部给你，不爱吃肥的就切一些胁边瘦肉。肉质一点也不粗糙，软熟无比，与当今的卤水鹅片一比，后者相差个十万八千里，没有机会尝过，是绝对不明白我在说什么的。

但是吃不到又有什么可怨叹呢？年轻人说。对的，我只供应你一些资料，也许各位能够找到当年的味道。我自己也不断地寻找，在潮州乡下的家庭，或者在南洋各地，总有一天给我找到。

我最喜欢的还有鱿鱼，用的是晒干后再发大的，发得恰好，绝对不硬，尾部那两片"翅"更是干脆，用滚水一烫，上桌时淋上甜面酱，撒点芝麻，好吃得不得了。佐之的是空心菜，也只是烫得刚刚够熟，喜欢刺激的话，可以淋上辣椒酱。

这种摊子也顺带卖蚶子，一碟碟地摆在你面前，小贩拿去烫得恰好，很容易掰开。那时候整个蚶子充满血，一口咬下，那种鲜味天下难寻。一碟不够，吃完一碟又一碟，吃到什么时候为止？当然是吃到拉肚子为止。

这种美味不必回到从前寻，当今也可以得到。到九龙城的"潮发"，或者走过两三条街到城南道的泰国杂货铺，或者再远一点，去启德道的"昌泰"，都可以买到肥大的新鲜蚶子。

洗干净后，放进一个大锅中，另烧一大锅滚水，往上一淋，用根大勺搅它一搅，即刻倒掉滚水，蚶子刚刚好烫熟。一次不成功，第二次一定学会。

很容易就能把壳剥开，还不行的话，当今有个器具，像把钳子，插进蚶子的尾部，用力一按，即能打开。在香港难找，可在淘宝网上买到，非常便宜。

当今，吃蚶子是要冒着危险的，很多毛病都会产生，肠胃不好的人千万别碰。偶尔食之，还是值得拼老命的。

罗惹（Rojak）是马来小吃，但正宗的当今也难找了。首先用一个大陶钵，下虾头膏，那是一种把虾头虾壳腐化后发酵而成的酱料。加糖、花生末和酸汁，再加大量的辣椒酱，混在一起之后，就把新鲜的沙葛、青瓜、凤梨、青杧果切片投入，搅了又搅，即成。

高级的，材料之中还有海蜇皮、皮蛋等，最后加香蕉花，才算正宗。

同一个摊子上也卖烤鱿鱼干。令人一食难忘的是烤龙头鱼，又称印度镰齿鱼，粤人叫九肚鱼。这种鱼的肉软细无比，是故有人叫它为豆腐鱼。奇怪的是，它晒干后又非常硬。在火上烤了，再用锤子大力敲之，上桌时淋上虾头膏，是仙人的食物，当今已无处寻觅了。

上述的是马来罗惹，还有一种印度罗惹，是把各种食材用面浆煨了，再拿去炸，炸完切成一块块，最后淋上酱汁才好吃。酱汁用花生末、香料和糖制成。酱不好，印度罗惹就完蛋了。当今我去新加坡，试了又试，一看到有人卖就去吃，没有一档吃到过从前的味道。新加坡小吃，已是有其形而无其味了。

印度影响南洋小食极深，其他有最简单的蒸米粉团。印度人把一个大藤篮顶在头上，你要时他拿下来，打开盖子，露出一团团蒸熟的米粉。弄张香蕉叶，把椰子糖末和鲜椰子末撒在米粉团上，就那么用手吃，非常非常美味。想吃个健康的早餐，它是最佳选择。

印度人制的煎粿，在内地时常可以吃到。那是用一个大的平底鼎，下面浆，上盖慢火煎之，煎到底部略焦，内面还是软熟时，撒花生糖、红豆沙等，再将圆饼折半，切块来吃。当今虽然买得到，但已失去原味。

福建人的虾面，是把大量的虾头虾壳捣碎后熬汤，还加猪尾骨，那种香浓是笔墨难以形容的，吃时撒上辣椒粉、炸蒜末。虾肉蘸辣椒酱、酸柑，其实不是很难复制的，但就是没有人做。前一些时候，上环有些年轻人依古法制作，可惜就没那个味道，是因为年轻人没有吃过吧。

怀念的还有猪杂汤，那是把猪血和内脏煮成一大锅来卖，用的蔬菜叫珍珠花菜，当今罕见，多数用西洋菜来代替，吃时还常撒上用猪油炸出来的蒜末和鱼露。当今去潮汕还能找到，香港上环街市有"陈春记"卖，曼谷小贩档的最为正宗，但一切都比不上我儿时吃的。那年代的猪肚要灌水，灌无数次后，猪肚的内层脂肪变成透明的，肥肥大大的一片猪肚，高级至极，毕生难忘，是永远找不回来的味觉了。

着着实实的一餐

昨夜友人请宴，在一家私房菜馆，一共十位，买单，问说多少钱？一万多。

铺头很小，只坐三桌人左右，人均消费要是没有一千块，怎么做得下去？当今什么都贵，也许有很多人觉得一万多不算什么，但是对我们这些钱是辛辛苦苦赚来的人来说，我们很尊敬每一块港币，我们对钱的观念，不能像地产商那么乱掉。

不过，问题还是吃些什么，是否物有所值。

上桌的是阿拉斯加大蟹，用鹅肝酱来炒，当今卖得贵的餐厅，要是拿掉鹅肝酱、鱼子酱和松露酱，菜就好像做不出来了。

鹅肝酱当然不是法国佩里戈尔的，即使是上等货，炒完也都粘在蟹壳上，二者已离了婚，怎会入味？够胆的话，应该把蟹壳剥掉，肉味淡的阿拉斯加蟹，配上味浓的鹅肝酱，倒是可以的，但谈不上惊喜。

越来越忍受不了这种搞排场的食肆，让我着着实实，吃一顿舒舒服服、饱饱满满的吧。

"那么你会去哪里吃呢？"友人问。今天我要介绍两家餐厅给各位。

一家开在坚尼地城，叫"富宝轩烧鹅海鲜酒家"。

这家人本来做的就是街坊生意，来吃的客人互相打招呼，好像认识了数十年。合伙人之一的甘焯霖是甘健成的堂弟，从小在镛记出入，知道烧腊部的大师傅冯浩棠退休了。冯浩棠做了四十多年，人还是那么健壮，不做事多可惜，甘焯霖很尊敬地把这位大师傅请过来主掌烧腊部。

我听到后，即刻和卢健生一家去试，发现棠哥的手艺越来越精湛，所烧的肥鹅一流，但售价九流，便宜得令人发笑。

肥燶（粤语，意为焦、煳）叉烧更精彩，比西班牙或日本猪肉

要过愉快的生活，要重新做人，不很难，把条件
降低一点，知足，常乐。

平稳的人生，一定闷。我受不了闷，我决定活得有趣。

过 好 这 一 生

自己选择的路自己行。境由心生，认为快乐就快乐，
痛苦就痛苦，神仙也帮不了你。

过 好 这 一 生

完美的一生，是对自己好一点，
对别人好一点。

太快决定自己的命运，以后漫长的日子怎么过？
把眼光放远点，多认识些新朋友、新事物。

忘不了，是因为你不想忘。你不想忘，
神仙也救不了你。

过 好 这 一 生

习惯，在人生里头，像个老伴，不容易抛弃。

死结，绝对解不开，这已经是事实，既然这样，
唯一的方法，是剪掉。

过好这一生

更美味，一大碟，一大块一大块，塞入嘴中，有无比的满足感。事前吩咐，可烧怀旧的金钱鸡、乳猪、烧肉、鸡杂、鸭杂，没有一样不出色。

卤水亦佳，肥鹅肠、掌翼、卤乳鸽，等等等等，多叫几碟也无妨。出来吃饭，最不喜欢这省那省，有什么就吃什么，吃个够，吃个过瘾为止。

这里的点心也好，师傅智哥是都爹利会馆出来的。小菜更有煎蛋角、蒸肉饼、炆斑翅等等。一般酒席菜也出色。

天气一冷，这里羊腩煲一流，总厨李信武当过"桃园"第一代总厨，对鲍参翅肚的古法烹调很有心得。与其他高级海鲜餐厅的不同，是价钱低。

吃过之后，再去了好几次。有时友人一定要付账，我也不和他争，反正没有什么心理负担，谁给钱都是一样。

对甘焯霖有了信心之后，问还有什么食肆可以介绍，要价钱合理，食物又有水平的。

"去'合时小厨'好了。"他说。

"有什么来头？"我问。

"是我的朋友茂哥开的。"

"在什么地方做大厨？"

"不是主厨，他是个牙医。本人很喜欢吃，一直说要开一家又便宜又好吃的餐厅，结果就在诊所附近弄了这么一间。你去试试，包你满意。"

又即刻找上门去。原来开在西湾河，店面很小，走了上去，底层地方不大，楼上也只可坐几围桌。一问之下，知道客人都是一来再来。

有什么吃的？经理林淑娇说来一尾蒸马友吧，刚从菜市场买来，又肥又大，价钱又合理。其实我喜欢吃马友鱼多过石斑鱼，也不明白为什么广东人那么爱吃又老又硬的斑类鱼。店里的人说你爱什么海鲜，也可以自己带来蒸，收个费用，和在鸭脷洲街市吃一样。

马友铺上火腿和姜葱，蒸得刚刚够熟，好吃得很，但没有惊喜。这家人不是给你什么惊喜的，菜普通得很，像妈妈做的。

接着的咕噜肉是用山楂汁炒的，非常精彩。苦瓜炒蛋更是家常，胜在够苦。苦瓜不苦，和羊肉不膻一样，吃来干什么？

炸乳鸽我不喜欢，友人爱吃，也就要了。问味道好不好，都点头。师傅叫黄永权，主掌"西苑""汉宫"等等，后来又远赴德国四年才回流中国香港。

最爱吃他的生炒糯米饭，真的是从生炒到熟，一点也不偷鸡（粤语，意为偷懒）和取巧。这顿饭吃得很满意，隔天就带倪匡兄去吃了，他也说好。

在日本吃鱼

日本人吃肉的历史，不过才二三百年，之前只食海产，对吃鱼的讲究较其他国家多，理所当然。他们吃鱼的方法，分切、烧、炙、炸、蒸、炊、锅、渍、缔、炒、干、熏。做法并不算很多。

其他地方的人学做日本刺身，说没有什么了不起，切成鱼片，有谁不会？但其中也是有些功夫的。像切一块金枪鱼，他们要先切成像砖头一样的一块长方形，整整齐齐，再片成小块，边上的都不要。一般寿司店还会剁碎来包成蛋卷饭团。一流食肆是切成整齐的方块后，再切长条来包紫菜，其他的丢掉。我们学做寿司，最学不会的就是这种丢掉的精神，一有认为可惜的心态，就不高级，就有差别了。

第二种方法是烧，也就是烤，最原始，不过也很讲究。烤一尾秋刀鱼，先把鱼剖了，洗得干干净净，再用粗盐揉之。大师傅只用粗盐，切忌精制的细盐。用加工过的细盐，就少了天然的海水味。用保鲜纸包好，放在冰箱中过夜，取出后用日本清酒刷之，就能烤了。先用猛火，烤四分钟后转弱火烤六分钟，完成。

第三种方法叫炙。从前是用猛火烤，当今都用喷火枪代之，这种火枪在餐具店很容易得到。为什么要炙呢？用在什么鱼身上呢？多数是鲣鱼。因为鲣鱼特别容易染幼虫，尤其是腹中，所以一定要用猛火来杀菌。步骤是洗净后撒盐，在常温之下放置十分钟，再冲水。然后用喷火枪烧鱼肉表面，再放进冰箱，二十分钟后拿出来切片。这是外熟内生，这种吃法叫为tataki。

第四种叫炸。所谓炸，只是把生变为熟，温度恰好，不能炸得太久。所以只限用较小的鱼，而且是白色肉的，味较淡的鱼。油炸之前煨了面粉，吃时蘸天妇罗特有的酱汁，是用鱼骨熬成的。

第五种叫蒸。但日本人所说的蒸，只是煮鱼煮蛋时上盖而已，并非广东式的清蒸。

第六的炊，也就是用砂锅炮制。多数是指米饭上面放一整尾鱼，除了鲍鱼或八爪鱼之外，多数用鱲鱼，日本人叫为鲷鱼。把白米洗净，浸水三十分钟，水滚，转弱火炊七分钟，再焗十五分钟。焗时水分已干，就可以把整尾抹上了盐的鱲鱼铺在上面，撒一大把新鲜的花椒，开大火，再焗五分钟，一锅又香又简单的鱲鱼饭就大功告成。当然，如果用我们的黄脚腊，脂肪多，一定更甜更香的。

第七的锅，就是我们的海鲜火锅。日本人并不把海鲜一样样放进去涮，而是把所有的食材一大锅煮熟来吃，叫为"寄世锅"。汤底用木鱼（鲣鱼干）熬，除了鱼，也放生蚝和其他海产，当然可加蔬菜和豆腐。

第八的渍和第九的缔有点相同。著名的"西京渍"，是味道较淡的鱼，加酒粕、味噌以及甘酒来渍。放冰箱三小时，取出，用纸巾抹干净，装进一个食物胶袋揉，最后放在炭上烤。至于缔，则是把鱼放在一大片昆布上面，再铺一片昆布，让昆布的味道渗进鱼肉中，才切片吃刺身。

这个"缔"字，与把活鱼的颈后神经切断，再放血的"缔"又不同。日本人觉得活鱼经过这个过程处理会更好吃，不过我认为这有点矫枉过正，吃刺身时也许有点分别，做起菜来就可免了吧。

第十是炒。日本人不讲所谓"镬气"（粤菜讲究"镬气"，指用猛火快炒食材，使之产生特殊香气），他们的炒鱼是指把鱼做成鱼松。多数是将三文鱼和鳕鱼蒸熟了，去皮去骨，浸在水中揉碎，用纸巾吸干水分，再放进锅中加酱油炒之，炒至成鱼松为止。

第十一的干，就是我们的晒咸鱼了。下大量的盐，长时间晒之，有时也只晒过夜，叫"一日干"。

第十二的熏，是近年的做法。日本人从前只制干鱼，很少像欧洲人一样吃烟熏的，当今已发明了一个血滴子般的透明罩，把煮熟的海鲜罩住，另用一管胶筒将烟喷进去。不像中国人，早就会在锅底熏茶叶，盖上锅盖做烟熏鱼。

当今各国的野生海产越来越少，只有日本人学会保护，严守禁渔期，维持吃不完的野生海鲜。当然，他们的养殖和进口鱼类是占市场的一大部分的。

在日本吃鱼真幸福，如果倪匡兄肯跟我去旅行，可以在大阪的黑门市场附近买间公寓，天天吃当天捕捉的各种野生鱼。而且算起港币，价钱便宜得要命，他老兄要吃多少都行。

也不必像香港大师傅那样蒸鱼了。买一个电气锅子，放在餐桌上，加日本酒、酱油和一点点糖，再把喉黑、喜知次等在香港觉得贵得要命的鱼，一尾尾洗干净了放进锅中。

鱼肚的肉最薄，最先熟，就先吃它。喝酒。再看哪一个部分熟了，就吃哪一个部分。一尾吃完，再放另一尾进去，吃到天明。

反对火锅

湖南卫视的《天天向上》是一个极受欢迎的节目，主持人汪涵有学识及急才，是成功的因素。他一向喜欢我的字，托了沈宏非向我要了，我们虽未谋面，但已经是老朋友。当他叫我上他的节目时，我欣然答应。

反正是清谈式的，无所不谈，不需要准备稿件，有什么说什么。我被问道："如果世上有一样食物，你觉得应该消失，那会是什么呢？"

"火锅。"我不经大脑就回答。

这下子可好，一棍得罪天下人，喜欢吃火锅的人都与我为敌，我遭舆论围攻。

哈哈哈哈，真是好玩，火锅会因为我一句话而被消灭吗？

而为什么当时我会冲口而出呢？大概是因为我前一些时间去了成都，一群老四川菜师傅向我说："蔡先生，火锅再这么流行下去，我们这些文化遗产就快保留不下了。"

不但是火锅，许多快餐如麦当劳、肯德基等等，都会令年轻人只知那些东西，而不去欣赏老祖宗遗留给我们的真正美食。这是多么可惜的一件事。

火锅好不好吃，有没有文化，不必我再多插嘴，袁枚先生老早就代我批评。其实我本人对火锅没有什么意见，只是想说天下不只有火锅一味，还有数不完的更多更好吃的东西等待诸位一一去发掘。你自己只喜欢火锅的话，也应该给个机会让你的子女去尝试其他美食，也应该为下一代种下一颗美食的种子。

多数快餐我不敢领教，像汉堡包、炸鸡翼之类的。记得在伦敦街头，饿得肚子快扁，也走不进一家，宁愿再走九条街，看看有没有卖中东烤肉的。但是，对于火锅，天气一冷，是会想食的。再三重复，我只是不赞成一味吃火锅，天天吃的话，食物便变成了饲料。

"那你自己吃不吃火锅？"小朋友问。

"吃呀。"我回答。

到北京，我一有机会就去吃涮羊肉，不但爱吃，而且喜欢整个仪式。一桶桶的配料随你添加，芝麻酱、腐乳、韭菜花、辣椒油、酱油、酒、香油、糖等等，好像小孩子玩泥沙般地添加。最奇怪的是还有虾油，等于是南方人用的鱼露，他们怎么会想到用这种调味品呢？

但是，如果北京的食肆只有涮羊肉，没有了卤煮，没有了麻豆腐，没有了炒肺片，没有了爆肚，没有了驴打滚，没有了炸酱面……那么，北京是多么沉闷！

南方的火锅叫打边炉，每到新年是家里必备的菜，不管天气有多热，那是过年的气氛。甚至到了令人流汗的南洋，少了火锅，也过不了年。你说我怎么会讨厌呢？我怎么会让它消失呢？但是在南方天天打边炉，一定热得流鼻血。

去了日本，锄烧（Sukiyaki）也是另一种类型的火锅。他们不流行一样样食材放进去，而是一火锅煮出来，或者先放肉，再加蔬菜、豆腐进去煮，最后的汤中还放面条或乌冬。我也吃呀。尤其是京都"大市"的水鱼锅，三百多年来屹立不倒，每客三千多块港币，餐餐吃，要吃穷人的。

最初抵达香港适逢冬天，即刻去打边炉，鱼呀，肉呀，全部扔进一个锅中煮。早年吃不起高级食材，菜市场有什么吃什么，后来经济起飞，才会加肥牛之类的。到了二十世纪八十年代，最贵的食材方能走入食客的法眼。但是我们还有很多法国餐、意大利餐、日本餐、韩国餐、泰国餐、越南餐，我们不会只吃火锅。火锅店来来去去，开了又关，关了又开。代表性的"方荣记"还在营业，也只有旧老板"金毛狮王"的太太，先生走后，她还是每天到每家肉档去买那一只牛只有一点点的真正的肥牛肉，到现在还在坚守。我不吃火锅吗？吃，"方荣记"的肥牛我吃。

到真正的发源地四川去吃麻辣火锅，发现年轻人只认识辣，不欣赏麻，其实麻才是四川古早味，现在都忘了。看年轻人吃火锅，先把味精放进碗中，加点汤，然后把食物蘸着这碗味精水来吃，真是恐怖到极点，还说什么麻辣火锅呢？首先是没有了麻，现在连辣都无存，只剩味精水。

做得好的四川火锅我还是喜欢，尤其是他们的毛肚，别的地方做不过他们，这就是文化了。从前有道菜叫毛肚开膛，还加一大堆猪脑去煮一大锅辣椒，和名字一样刺激。

我真的不是反对火锅，我是反对做得不好的还能大行其道。只是在酱料上下功夫，吃到的不是真味，而是假味。味觉这个世界真大，大得像一个宇宙，别坐井观天了。

爱憎分明

我爱憎分明，有点偏激，这个个性影响到我做人，连饮食习惯也由此改变。

举个例子，说吃水果吧。香港人最爱喝橙汁，七百万人口，每年吃两亿多公斤的橙。很多人至今还分不清什么是橙，什么是柑，什么是橘。粗略来讲，皮可以用手来剥的是橘或柑，要用刀来切的，就是橙了。

我吃这三种水果，非甜不可，有一点点酸都不能接受。数十年前，我第一次接触到砂糖橘，真是惊叹不已，甜得像吃了一口砂糖，故有此名。之后每逢天气一冷，这种水果出现时，必定去买，一斤吃完又一斤，吃个不能停止。

印象深的一次是苏美璐带她六岁的女儿阿明到澳门去开画展。在苏格兰小岛长大的她，当然没吃过砂糖橘，散步时买了一大袋带回展场旁的龙华茶楼，坐在大云石桌旁，剥了一个又一个。她吃得开心，我更开心，但是很遗憾地说，那是最后一次吃到那么甜的了。

绝种了吗？也不是，反而越来越多。水果店之外，卖蔬菜的地方也出现，而且是非常漂亮的。从前的砂糖橘枯枯黄黄，没有什么光泽，个头又小。当今的大了许多，黄澄澄的非常诱人，尤其是故意在枝上留一两片叶子的。

看到了马上剥开一个来吃，哎哟妈妈，酸得要吾老命矣。

到底是什么问题，令砂糖橘变成醋酸橘？问果贩，回答道："像从前产量那么小，怎够大家吃？要多的话，每年拜年用的橘子长得又快又多，把砂糖橘拿来和拜年橘打种，就会长出这种健康的橘来！"

谁要吃健康？砂糖橘就是要吃甜的，叹了一口气。到了翌年，见到了，又问果贩："甜不甜？"

这是天下最愚蠢的问题，有哪个商人会告诉你："酸的，别买。"

问了又问，小贩嫌烦，拿出一个，反正很便宜，说："你自己试试看吧！"

吃了，又是酸死人。

一年复一年，死性不改，问了又问，希望在人间嘛。一试再试，吃到有些没那么酸的，已经可以放炮仗庆祝。

砂糖橘不行的话，转去吃潮州柑吧。从前的很甜，也因产量问题，弄到当今的不但不甜，而且肉很干，没有水分。芦柑也甜，或者吃台湾柑吧，有些还好，仅仅"有些"而已，不值得冒险。

一个友人说："哎呀，你怎么不会去买日本柑呢？他们以精致出名，改变品种是简单的事，不甜也会种到甜为止。"

有点道理，一盒日本柑，比其他地区产的贵出十倍来，照买不误。拿回家里，仔细地剥开一个，取出一片放入口中慢慢尝。

妈妈的！也是酸死人也。

也许是产地的问题，找到日本老饕，问他们说："你们的柑，哪个地方出的最甜？"

"没有最甜的！"想不到此君如此回答，"柑嘛，一定要带酸才好吃，不酸怎么叫柑？"

原来，每个地方的人，对甜的认识是不同的，吃惯酸的人，只要有一点点的甜味，就说很甜。我才不赞同。他们说有一点酸而已，"而已"？已经比醋还酸了，还说"而已"？

有了这个原则，就有选择，凡是有可能带一点酸的，我都不会去碰。

绝对甜的有榴梿，从来没有一个酸榴梿，最多是像吃到发泡胶一样，一点味道也没有，但也不会酸。

山竹就靠不住了，很容易碰到酸的。

荔枝也没有让我失望过，大多数品种的荔枝都是甜的，除了早生产的"五月红"。所以我会等到"糯米糍""桂味"等上市去吃，才有保证。

杧果就不去碰了，大多数酸。虽然印度的"阿芳索"又香又甜，泰国的白花杧亦美，但生产日子短，可遇不可求，就干脆不吃杧果了。

苹果也是酸的居多，我看到有种叫"蜜入"的青森苹果才吃，中间黑了一片，是甜到漏蜜的。有些人不懂，以为坏掉了，还将它切掉呢。

水蜜桃更要等到八月后才好吃。要有一定的保证，那就是蜜瓜了，最好能买到一树一果的，把其他的果实剪掉，只将糖分供应到一颗果实。

别以为我太过挑剔，我只是宁可不食罢了。如果水果要酸的，那么我就吃柠檬去。泰国有种叫酸子的，也不错。不然来一两颗话梅，我也可以照吃。只要别告诉我："很甜，很甜，只带一点点酸罢了！"

鲜

记得多年前在内地旅行时，常被友人请去一些所谓"精致"餐厅，坐下来后，老板或大厨就会问："你知道还有什么高价的食材吗？"

即刻想起的是鱼子酱、鹅肝酱和黑白松露，但当今也不算稀奇了。有时回答了也未必受欣赏，像我说藤壶时，西班牙已卖到像黄金一般贵了，对方听了说："那是我们叫的鬼爪螺吧，肉那么少，剩下皮和爪，有什么好吃？"

懒得和他们争辩。西班牙的藤壶，大得像胖子的拇指，每一口都是肉，鲜甜无比，而且长在波涛汹涌的岩石之上，要冒着生命危险下去才采得到，数量也越来越少。不懂得吃最好了，不然很快有灭绝的可能性。

其实西班牙还有一种海鳗苗，在烧红的陶钵中下橄榄油和大蒜，一把把撒进去，上盖，一下子就可以吃。吃时要用木头汤匙掏，否则会烫到嘴的，当今也卖得奇贵无比了。

其实我们吃的鱼子酱也大多不是伊朗产的，鹅肝酱更是来自匈牙利，松露来自云南。只管听名字和价钱，没有尝到最好的，怎么去解释呢？

当年我在日本生活时，在蔬菜店里也看到巨大的松茸，售价并不贵，那是来自韩国的，和日本产的香味不同。日本的只要切一小片放进土瓶中，整壶都香喷喷；韩国的一大枝咀嚼，也没什么味道。

泰国清迈有种菇菌，埋在土底，也非常香，当然不贵，但要懂得去找。世界之大，更有无尽的物产，也不一一细述了。

我们拼命去发现外国食材，西方大厨却开始来东方找，见到日本有种像青柠一样大的小柚子，就当宝了，看到了大叫："Yuzoo！"这个词的发音是yutsu，西方人不会叫，就像他们把"tsunami"（海啸）叫成"sunami"一样，听了真是好笑。这种日本柚子真的那么美味吗？也不是，普通得很。

近来他们最喜欢加的是我们的海鲜酱，叫成"hoisin sauce"，之前更大加蚝油（oyster sauce），什么菜都加，就说是好吃。其实都是用大量味精做的，他们少用味精，就觉得好吃。

味精制出来的鲜味，他们也不懂，惊叹不已，又是大叫："Umami（意为鲜，鲜味）！Umami！"这个"鲜"字他们不知道，觉得很新奇，其实料理节目最常出现了。

我们老早就知道"鱼"加"羊"，得一个"鲜"字。鱼加羊这道菜，在西洋料理中从未出现，觉得匪夷所思。其实海鲜和肉类一起炮制的菜最鲜，韩国人也懂得这个道理，他们煮牛肋骨（Garubi-Chim）的古老菜谱，是加墨鱼去煮的，和我们的墨鱼大烤异曲同工。

另一种猪手菜，是把卤猪手切片，用一片菜叶包起来，再加辣椒酱和泡菜，最后放几颗大生蚝。这道菜吃起来当然鲜甜无比。韩裔大厨张锡镐（David Chang）就喜欢把猪手换成卤五花肉，用这方法做，令洋厨惊奇不已，连安东尼·布尔丹（Anthony Bourdain）也拜服。

张锡镐最会变弄东洋东西，他在日本受过训练，学到做木鱼的方法，用这一方法"木肉"，煮出来的汤非常鲜甜。

鲜已成为甜、酸、苦、辣、咸之后的第六种味觉，我们吃惯了不觉得什么，西洋厨子近年才开始接触，不过认识尚浅，大部分厨子还是不去追求，以为崇尚自然才是大道理。

像当今大行其道的北欧菜，都是尽量不添调味品，这我并不反对，但是吃多了就觉得闷，用一个"寡"字来形容最恰当。

鲜味吃多了，也会"寡"的，像云南人煮了一大锅全是菌菇的汤，虽然很鲜很甜，但不加肉类的话，也有寡淡的感觉。

我们到底是吃肉长大的，虽然也知道吃素的好处，但只有在其中取得平衡，才是最美味的。不管是中菜或西餐，荤菜或斋菜，取平衡才是大道理。

大众印象中最坏的，还是猪油。这完全是一个错误的观念，我早就说猪油好吃，猪肉最香，大家都反对，我也给人家骂惯了，不觉什么。

最近的医学报告都证实了猪油最健康，人类应该多吃，但是如果天天把一大块肥猪肉塞在我嘴中，也有被一个胖女人压身上的感觉。

卤五花腩时，加海鲜才是最高明的烹调法，加上蔬菜，那更调和了。试包一顿水饺吧，单单以肥猪肉当馅，总会吃厌，加了白菜，就美了。但是像山东人一样加海参、海肠，那就是鲜味的个中乐趣。

洋人也不是完全不懂的，像澳大利亚有道菜叫地毯包乞丐牛排（Carpetbagger Steak），就是把牛排中间开一刀，再将大量生蚝塞进去。最初的菜谱还加了红辣椒粉，最新的做法是加伍斯特辣酱（Worcestershire sauce），上桌时将牛排架起，用一片肥肉培根包扎起来。另一做法是用万里香、龙蒿、柠檬、酸子来腌制，最后跟一杯甜贵腐酒，完美。

浅尝

口味跟着年龄变化，是必然的事。年轻时好奇心重，非试尽天下美味不罢休。回顾一下，天下之大，怎能都给你吃尽？能吃出一个大概，已是万幸。

回归平淡也是必然，消化力始终没从前强，当今只要一碗白饭，淋上猪油和酱油，已非常满足。当然，有锅红烧猪肉更好。

宴会中摆满一桌子的菜已引诱不了我，只是浅尝而已。"浅尝"这两个字说起来简单，要有很强大的自制力才能做到，而今只是沾上边。

和一切烦恼一样，把问题弄得越简单越好，一切答案缩小至加和减，像计算机的选择，更能吃出滋味来。我已很了解所谓一汁一菜的道理，一碗汤，一碗白饭，还有一碟泡菜，其他的佳肴，用来送酒，这吃一点，那吃一点，也就是浅尝了。

吃中菜及日本、韩国料理，浅尝是简单的，但一遇到西餐，就比较难了，故近年来也少去西餐厅。去西欧旅行时总得吃，我不会找中国餐馆，西餐也只是浅尝。

西餐怎么浅尝呢？全靠自制力。到了法国，再也不去什么所谓精致菜（fine dining）的三星级餐厅，找一家小酒馆（bistro）好了，想吃什么菜或肉，叫个一两道就是。

如果不得已，我便先向餐厅声明："我要赶飞机，只剩下一个半小时时间，可否？"老朋友开的食肆，总能答应我的要求。没有这个赶飞机的理由，一般的餐厅都会说："先生，我们不是麦当劳。"

当今最怕的就是三四个小时以上的一餐，大多数菜又是以前吃过的，也没什么惊艳的了。依照洋人的传统去吃的话，等个半天，先来一盘面包，烧得也真香，一饿了就猛啃，主菜还没上已经肚饱。如果遇上长途飞行和时差，已昏昏欲睡，倒头在餐桌上。

已不欣赏西方厨子在碟上乱刷作画，也讨厌他们用小钳子把花叶逐一摆上，更不喜欢他们把一道简单的鱼或肉，这加一些酱，那撒一些芝士，再将一大瓶西红柿汁淋上去的作风。

但这不表示我完全抗拒西餐，偶尔还会想念那一大块几乎全生的牛排，也要吃他们的海鲜面或蘑菇饭。

全餐也有例外，像韩国宫廷宴那种全餐，我是喜欢的，吃久一点也不要紧，他们上菜的速度是快的。日本温泉旅馆的，全部拿出来，更妙。

目前高级日本料理的用餐方式omakase在香港大行其道，那是为了计算成本和平均收费而设，叫为"厨师发办"。我最不喜欢这种制度，为什么不可以要吃什么叫什么，那多自由！当今的寿司店多数很小，只做十人以下的生意，也最多做个两轮，他们得把价钱提高，才能有盈利，你一客多少，我就要卖更贵一点，才与众不同。当今每客五千以上，酒水还不算呢，吃金子吗？我认为最没趣了。

像"寿司之神"的店，一客几十件，每一件都捏着饭，非塞到你全身暴胀不可，也不是我喜欢的。吃寿司，我只爱御好烧（okonomiyaki），爱什么点什么，捏着饭的可以在临饱之前来一两块。

很多朋友看我吃饭，都说这个人根本就不吃东西。这也没错，那是我一向养成的习惯。年轻时穷，喝酒要喝醉的话，空腹最佳，最快醉。但说我完全不吃是不对的，我不喜欢当然吃不多，遇到自己爱吃的，就多吃几口，不过这种情形也越来越少。

从前大醉之后，回家倒头就睡，但随着年龄渐长，酒少喝了，入眠就不容易了，常会因饥饿而半夜惊醒。旅行的时候就觉得烦，所以在宴会上虽不太吃东西，但是最后的炒饭、汤面、饺子等，都会多少吃些。如果当场实在吃不下去，就请侍者们替我打包，回酒店房间，能够即刻睡的话就不吃，腹饥而醒时再吃一碗当消夜。东西冷了没有问题，我一向习惯吃冷的。

在外国旅行时，叫人家让我把面包带回去也显得寒酸，那怎么办？通常我在逛当地的菜市场时，总会买一些火腿、芝士之类的，如果有烟熏鳗鱼更妙，一大包买回去放在房间冰箱，随时拿出来送酒或充饥。

行李中总有一两个杯面，取出随身带着可以扭转插上的双节筷吃。如果忘记带杯面，便会在空余时间跑去便利店，什么榨菜、香肠、沙丁鱼罐头之类的，买一大堆准备应付。用不上的话，送给司机。

在内地工作时，一出门堵车就要花上一两个小时，只有推掉应酬，在房间内请同事们打开当地餐厅App（应用程序）叫外卖，来一大桌东西，浅尝数口，自得其乐，妙哉妙哉。

大业郑

很多读书人的梦想，就是开一家书局。香港的租金贵，令书店一间间倒闭，开书店实在不易，开一家专卖艺术书籍的，那就更难了。

我们向冯康侯老师学书法时，常去的一家书店叫"大业"，开业至今已有四十多年，老板叫张应流，我们都叫他"大业张"。

店开在士丹利街，离陆羽茶室几步路，饮完茶就上去找书。什么都有，凡是关于艺术的，绘画、书法、篆刻、陶瓷、铜器、玉器、家具、赏石、漆器、茶道，等等等等，只要你想得到，就能在"大业"找到。全盛时期，还开到香港博物馆等地好几家呢。

喜欢书法的人，一定得读帖，普通书店中卖的是粗糙的印刷物，翻印又翻印，字迹已模糊，只能看出形状，一深入研究就不满足。原作藏于博物馆，岂能天天欣赏？后来发现"大业"也进口二玄社的版本，大喜，价虽高，看到心爱的必买。

二玄社出的也是印刷品，但用最新大型摄影机复制，印刷出来与真品一模一样。这一来，我们能看到书法家的用笔，从哪里开始，哪里收尾，哪里重叠，一笔一画，看得清清楚楚，又能每日摩挲，大叫过瘾。

大业张每天在陆羽茶室三楼六十五号台饮茶，遇到左丁山，从他那里传出年事已高，有意易手的消息，听了不禁唏嘘。那么冷门的艺术书籍，还有人买吗？还有人肯传承吗？一连串问题，知道前程暗淡的，有如听到老朋友从医院进进出出。

忽然一片光明，原来"大业"出现的"白马王子"，是当今写人物报道坐第一把交椅的才女郑天仪。

记得苏美璐来香港开画展时，公关公司邀请众多记者采访，而写得最好的一篇报道，就是天仪的手笔，各位比较一下就知我没说错。如果有兴趣，可以上她的Facebook（脸书）查看，众多人物在她的笔下栩栩若生，实在写得好。

说起缘分，的确是有的，天仪从小爱艺术，这方面的书籍一看即沉迷，时常到香港博物馆的"大业"徘徊。难得的艺术书必用玻璃纸封住，天仪一本本去拆来看，常给大业张斥骂，几乎要把她赶走。

后来熟了，反而成为老师小友，大业张有事她也来帮忙，有如书店的经理。

当左丁山的专栏刊出后，天仪才知道老先生有出让之意，茶聚中问价钱。大业张出的价钱当然不是天仪可以达到的，因为除了书局中摆的，货仓更有数不尽的存货，一下全部转让，数目不少。

当晚回家后，天仪与先生马召其商量。马召其是一位篆刻家，特色在于任何材料都刻，玻璃杯的杯底、玉石、象牙、铜铁等等，都能入印。从前篆刻界有一位老先生叫唐积圣，任职报馆，是一位刻玉和象牙的高手，也是什么材料都刻。黑手党找不到字粒时，就把铅粒交给他，他大"刀"一挥，字粒就刻出来，和铸的字一模一样。唐先生逝世后，剩下的专才也只有马召其了。

先生听完，当然赞成。天仪也不必在财务上麻烦他，找到一位志同道合的朋友，各出一半，就那么一二三地把"大业"买了下来。

成交之后，大业张还问天仪：你为什么不还价的？天仪只知不能向艺术家讨价还价，大业张是国学大师陈湛铨的高足，又整天在艺术界浸淫，当然也是个艺术家了，但没有把可以还价的事告诉她。

"接下来怎么办？"我问天仪。

"走一步学一步。"她淡然地说，"开书店的梦想已经达到，而且是那么特别的一家。缺点是从前天下四处去，写写人物，写写风景，逍遥自在的日子已是不可多得了。"

那天也在她店里喝茶的大业张说："从日本进货呀，到神保町艺术古籍店走走，也是一半旅游，一半做生意呀。"

大业张非常热心地从口袋中拿出一本小册子，里面仔细又工整地记录着各类联络方式，他全部告诉了天仪。等他离开后，我问了天仪一些私人事。

"你先生是宁波人，怎么结上缘的？"

"当年他长居广州，有一次来港，朋友介绍，对他的印象并不深，后来也在集会上见了几次。有一回我到北京做采访，忽然病了，那时和他在社交网络上有来往，他听到了，说要从广州来看我，问我住哪里。我半开玩笑说'没有固定地址，你可以来天安门广场相见'。后来我人精神了，到了广场，看见他已经在那里站了一天，就……"

真像亦舒小说中的情节。

当今要找天仪可以到店里走走，如果你也是"大业"迷，从前在那里买的书，现在不想看了，可以拿来卖回给他们。

很容易认出天仪，手指上戴着用白玉刻着名字的大戒指，出自先生手笔的，就是她了。今后，书店的老板将由大业张改为大业郑了。

又来首尔

想吃真正的韩国菜，想疯了。

有伴最好，上一次本来和一群友人约好去首尔的，后来他们家里有事，取消了。没有办法，只有到尖沙咀的"小韩国"大吃一番，但哪里够瘾？

前几天和几个老搭档打了十六张麻将，听他们说要去日本福冈县吃牛舌头，我建议说："韩国也有呀，不如大家去韩国！"

一听到韩国，一般人的反应都是："除了泡菜和烤肉以外，还有什么东西？"

"错！"我慷慨激昂地说，"当今什么都有，韩牛的舌头，不差过日本的，而且最近的信用卡中有个很便宜的套餐！"

听到便宜，女性们抗拒不了，但问："有多便宜？"

"去五天，包一流酒店，一万二港币。"

"什么飞机？什么酒店？"

"乘国泰的航班，早机出发，下午机返港，而且是商务，住韩国最好的新罗酒店。"

众人屈指一算，即刻成团。我们一共五人，说好吃完东西购物，其他什么地方都不去，吃完晚饭，回房间打一两圈麻将。

第一晚吃的烤牛舌果然不错，大家都很高兴。睡了一夜，翌日早起。酒店是包早餐的，新罗的自助餐食物都很高级，而且选择多，中西餐什么都有，中餐部分还有四位大师傅负责，两个来自中国内地，两个来自马来西亚，都很正宗。但我选的是"韩定食"。

一个大盘子中装有一大片烤银鳕鱼，一大堆沙拉，好几片紫菜，一碗小炖蛋、酱鱼肠、酱桔梗、腌莴苣、泡菜和水果。汤有两种选择，鱼汤或牛肉汤，加一大碗白饭，韩国米不逊日本米。最厉害的是那一小碟辣椒酱，酒店特制的，别的地方买不到，辣椒粉磨得极细，初试一点也不辣，吃出香味后才感觉到辣。

饭饱，众人到附近的新世纪百货公司，一共有三栋建筑，货物各不同，看你要买什么，选对了才好去。

到中饭时间了，这一餐错不了，是想食已久的"大瓦房"酱油螃蟹。这家店经我推荐后，香港客人特别多，近来内地客也不少。

当然先来一大碟螃蟹，看到那黄澄澄的膏，就抗拒不了。店开了近百年，东西虽然是生腌的，但从来没有让客人吃出毛病，而且你吃了会发现，这里的蟹不死咸。吃完膏和蟹肉，把白饭放进蟹壳中，捞一捞再吃。这是韩国人的吃法，你学会那么吃，他们会赞赏的。

除了酱油螃蟹，还可以吃辣酱生腌蟹，更是刺激到极点。其他的有腌魔鬼鱼、红烧牛肉等等地道食物，一定让你满意地回。

再下来的几天都吃得好，之前介绍过的，像新罗酒店顶楼的"罗宴"等，就不重复推荐给大家。新找到的餐厅有两家，一家叫"又来屋"，也是旧式的老餐厅，有龟背锅烤肉。当今都是仿日式的炉子，这类古老烤肉店已难寻。除了烤肉，还叫了牛肉刺身。别怕，没事的，我已吃了几十年，味调得极好。

友人还是怀念牛舌头，那么一大早把他们喊出来，去一家专卖牛杂的店，叫"里门"，也是老字号。很奇怪，各地解酒的妙方，都是用内脏，韩国的汤煮得雪白，叫"雪浓汤"，煮了一夜，什么调味品不加，桌上有京葱和盐，依自己喜好放进去。另上一大碟牛舌。地址忘了，问酒店的服务部就能找到。

到韩国还有一种乐趣，那就是去理发院剃胡子和按摩，没有色情成分，女生也可以去。那种服务，是世界上其他地方找不到的，包你被按得全身舒服才走出来。新罗酒店有那么仅存的一家店，这次去，已改成英国式的高级理发店，一点味道也没有。

问来问去，得不到答案，后来遇到了韩国电影监制吴贞万，拍过《丑闻》等片。做制作工作的无人不晓，结果问她首尔哪里还有古式理发店，她回答说首尔已找不到，要到一个叫"提川"的乡下，今年七八月份有个影展，到时可以带我们去，东西又比首尔的好吃得多。听了，抗拒不了，又得去一趟韩国了。

微博十年

在二○一九年四月十一日那天，微博开了一个简单又庄严的发布会，给了我一个奖状：十年影响力人物。

拿在手上，才知道不知不觉玩微博已经十年。什么是微博？在这里不厌其烦地重复一下，微博是一个社交平台，功能和外国的Twitter（推特）一样，注册之后，你就可以在计算机、平板计算机和手机上观看和发表意见。今后，任何人都不能投诉"我没有地盘"了。

连美国总统特朗普也乐此不疲，几乎天天向反对他的人发来攻击。微博是一种十分好玩的新游戏，但每一种游戏都有规则，我一加入，即刻声明："只谈风花雪月，不谈政治。"

游戏中有一种叫"粉丝"的人，那就是你的读者或者网友了。和老一辈的征友专栏一样，先简单地介绍一下自己，如兴趣何在等等，笔友就会来找你。当今科技厉害，一封信能传达给成千上万的人，有些还不止，这要看你的内容引不引得起别人的兴趣。

一切都是从零开始的，我的长处是可以从以前写过的稿件中抽出一些来发表，这帮助我接触到更多的网友。而我的特点在于讲吃喝玩乐，已经能引起众多网友的共鸣。

像我一早就说吃三文鱼刺身会生虫，吃猪油对身体有益，等等，都引起一阵阵反应，也在后来被医学界证实是对的。

旅行也给我充分的资料和图片来发表内容。我从前每天都写专栏，在报纸和杂志上发表，当今转换了一个形式，在计算机上写作罢了。

我认为每决定做一件事，成功与否是其次，首先要全力以赴，再来就是要做得细微。用这个精神，我勤力地发微博，直到截稿的今天，翻查记录，我已经发了十万零四千二百八十九条，每条以十个字来计，也有一百多万字了。

中间得到众多网友的支持和鼓励，才能做到。玩微博的人，那些明星歌星，是由公司职员代答，我很珍惜每位网友的意见，虽然不能全部回答，但也尽量做到。因为我曾经写过很多稿件，所以有那种能力来应付，只要问题是有趣的，我答应自己，一定亲自回复。每一条微博，都是我自己手写的。所谓手写，是我不懂得拼音输入法，都是在平板计算机上手写，按到繁体字就以繁体字回答，简体亦然。我认为我的网友，最低标准，是可以读繁体字的。

粉丝的数目不断增加，百个、千个、万个到百万个，至今已有一千零四十六万五千九百三十位了，我常开玩笑地说，比香港人口还多。这是一个骄人的数字，我不脸红地自豪。

当上台领奖时，司仪要求我说几句，回答一个问题："你最近觉得最有趣的提问是什么？"

我说："有个网友问我吃狗肉吗，我回答道：'什么？你叫我吃史努比？'"

接着我说，至今为止，最有意义的事是在老朋友曾希邦先生最后那几年叫他注册了微博。曾希邦先生个性孤僻，一肚子不合时宜的想法，朋友虽然不多，但个个都佩服他。他中英文贯通，翻译工作做得一流，又很严谨。在他的晚年，老友一个个去世，有鉴于此，我鼓励他加入了微博，他想不到有那么多网友都是被他做学问的态度感染的。曾先生的晚年，因为有了微博而不寂寞。

这是真实的例子，也是我爱微博的理由。我希望年轻人多上微博，在那里，他们可以找到志同道合的朋友，这些朋友都是没有利害关系的，非常纯真。

至于我的微博网友是什么样的人呢，可以说都是喜欢吃的。这一点也不坏，喜欢吃的人多数是好人，因为他们没有时间动坏脑筋。

这一群忠实的网友，差不多都见过面，因为他们已知道我的生日，会集中在一起为我祝贺。他们由中国各地聚集在北京、上海、广州等地，我也开饮食大会，请大家吃吃喝喝，真是开心。可惜近年来我更喜欢安静，这些活动也甚少参加了。不过，有时他们听到我的消息，像要出席一些推销新书的活动，他们都会前来替我安排次序。做了几次，都已经是熟手了，有条不紊。

年纪一大，就不喜欢没礼貌的网友，像有些一上来就问候我亲娘的。我就想想出一个办法来阻止，玩Twitter的友人都说这个阻止不了，但我不信邪，想出由我的长年网友来阻止的办法。有问题不能亲自来到我这里问，要经过这群老友筛选，这就可以完全阻绝无礼之徒。

这种方法虽然有效，但会引起不满的情绪，我就一年一度在农历新年前后的一个月完全开放微博，我已做好心理准备，有污言秽语也就忍了。这一个月之中，众多问题杀到面前，我一一回复。很奇怪，竟然已经没有不礼貌的。谢天谢地，谢谢我所有的网友，让我度过美好的新年。

料理节目

我们这些主持美食节目的人，当然也得看别人的节目，从中学习。当今大家只追求米其林，已少人看电视。这也难怪，主持人越来越差，安东尼·布尔丹自杀之后，好的主持人寥寥无几。

美国的只剩下专吃怪食物的光头佬安德鲁·齐默恩（Andrew Zimmern），英国的有向镜头挤眉弄眼的妮格拉·劳森（Nigella

Lawson）和做来做去只有意大利那几招的杰米·奥利弗（Jamie Oliver），看得打哈欠了。

戈登·拉姆齐（Gordon Ramsay）在节目中骂人的趣味性已经超越他的厨艺；马尔科·皮埃尔·怀特（Marco Pierre White）想归隐，已无心恋战；赫斯顿·布卢门撒尔（Heston Blumenthal）越来越怪。

当今还在英国人荧幕前乐此不疲的有詹姆斯·马丁（James Martin）。此君像个流氓，做菜时粗枝大叶，向当地厨子学了一两手之后便占为己有，根本不尊重食材，只会选大尾的三文鱼。到手后先把最肥美的肚腩切走，接着便是调味料乱加，没有六七种以上不肯收手。他自以为英俊，喜欢跳社交舞和骑摩托车多过烧菜，但英国人也吃他那一套，可见观众水平已经低得不能再低了。

另一个老太婆叫玛丽·贝里（Mary Berry），简直像一个巫婆，脸上膏粉涂得快要脱落，我一看到即刻转台，简直吃的东西都吐出来。她在英国已被观众接受，这也不出奇，查尔斯王子接受的形象，应该大多数英国人认为不错吧，不然凭她那种平平无奇的手艺，怎能做到现在？

怀念的是在六十五岁就因心脏病去世的基思·弗洛伊德（Keith Floyd）。此君在荧幕前总是轻轻松松，潇潇洒洒，手举一杯酒，边喝边露几手，去到哪里，煮到哪里。他教的菜极易学，只要根据他做过的去重现，就能当上高手。他做过的节目还能有DVD买到，各位想学的朋友不妨找来看看，必有收获。

"当今呢？还有什么美食节目能吸引到你？"友人问。有，有个叫里克·斯坦（Rick Stein）的老头，他在BBC（英国广播公司）的节目，我一转台看到，必放下手头所有工作，从头看到尾。其实斯坦留下的节目不少，有些也很有系统性，像从威尼斯出发，一路吃到土耳其的伊斯坦布尔，每一集都精彩。目前放映的是他从英国出发，每一个周末去周围的小镇，吃他喜欢的菜。

他最像猫，最爱吃鱼，你不会在他的节目中看到他把鱼腩切了丢掉。他尊重食材，也尊重传统的做法，向当地人学习后，他先原原本本介绍，回到自己家里再重现一次。或者怕忘了，坐着小货车上路时，一面游览，一面停下来重温吃过的菜。

对这些教过他的"老师"，斯坦会请厨房工作人员，招呼他的全体职员和老板站在一起，为他们拍下一张照片。当今很多人迷上米其林，一间间二星、三星餐厅去搜集，但是吃完回来，你会做吗？你能天天吃到吗？如果跟着斯坦拍过照片的食肆去学习，相信能升华自己的厨艺。

斯坦出生于一九四七年一月四日，拥有自己的酒店和餐厅，最有名的是他最喜爱的海鲜餐厅，开在帕德斯托（Padstow）的"里克·斯坦海鲜餐厅"（Rick Stein's Seafood Restaurant），生意兴隆。当然有很多人叫他用自己的名字多开几家餐厅，但都被他拒绝了。现在他开的还有一家小馆，一家咖啡店，一家甜品店，另有一料理教室，都不重复。如果收足了斯坦迷，或许我会组织一个旅行团，到他的食肆一间间去试，也尽量地搜集他所有的著作。

旅行之间，大家观察他对鱼的做法和我们有什么不同，深入研究，得出结论写一本书，将会是好书。

駅弁

在日本旅行的另一种乐趣，别的国家没有的，就是吃他们各地的火车站便当"駅弁"（Ekiben）。这个词由"駅"（Eki）和"弁当"（Bento）的"弁"二字合并而来，而"弁当"二字，大多数人以为是日本用语，其实是从中国的"便当"一词演变而来。

从一八八五年起，日本的铁路逐渐加长，人们才够时间在火车中进食。最初是用白饭捏成团，上面撒点黑芝麻，用竹皮包起来，叫为"泽庵"的简单盒饭，发展到后来的"幕之内"，饭盒已是分为两层的木制方盒子。下面那层装白饭，保留着撒黑芝麻的传统；上面那层的食材就丰富了许多，里面有一块烧鱼，一块鱼饼，一块甜蛋，一粒大酸梅，两片莲藕，两片腌萝卜干，一撮黑海草加甜黄豆，四五粒大蚕豆，一小撮咸鱼卵。咸鱼卵最为名贵，可以杀饭。

配着盒饭的是一小壶清茶，昔时日本人不惜工本地用陶瓷器皿装茶，用完即弃，豪华得很。那时代不觉珍贵，现在都用塑料的，才觉之前的名贵，可当古董来卖了。

日本人很容易养成吃便当的习惯，那是因为他们对冷菜冷饭不抗拒，我们就嫌不热不好吃了。但在日本旅行多了，也就慢慢接受，也喜欢上多元化的驿弁。每个地方的驿弁都有特别的内容，吃久了就会爱上这种旅行中的快乐，一面看风景，一面慢慢地进食，变成一种专去寻找的情趣，久不食之，便会想念的。

从前的火车停留时间长，乘客甚至可以下车去向服务员购买驿弁。随着新干线的发达，火车已经不可能有时间停留，驿弁只能在便利店或者专卖店中找到。大站如东京、大阪的驿弁专门店，驿弁简直是千变万化，什么食材都齐全，我旅行时一买就十几个，一样样慢慢欣赏。

当今在香港，什么日本食物都有，我早就说有一天饭团（onigiri）专门店会出现，繁忙又要节省的白领们会买几个来充饥。朋友们都说他们吃不惯，但现在已有很多这种店铺。我又预言将会有驿弁专门店，昨天到上环，已看见了一家。

日本人早在一八七二年，即明治五年便开始在新桥到横滨的铁道沿线卖驿弁，发展下来。日本人做的中华料理便当很受欢迎，尤其是烧卖，很多大集团如"东华轩""东海轩""崎阳轩"卖的最受欢迎。他们的日式烧卖肉少粉多，又加大量蒜蓉，有种特别的味道。最初我们都觉得怪，习惯了也会特地去找那种"假中华"的烧卖。

也不是只有中国人吃駅弁上瘾，法国人也一早就爱上。二〇一六年，日本铁道公司老远跑到巴黎和里昂之间的车站去开駅弁屋，生意兴隆。

　　为了与众不同，形形种种的包装盒跟着出现，新干线车站卖的有火车形的饭盒。群马县达摩寺附近的高崎站的最精美，整个饭盒用瓷土烧出一个达摩，买来吃的人多数不肯扔掉，拎回家当纪念品。

　　使用最多的是一个日式的炊饭陶钵，上面有个像木屐的盖子，称为"釜饭"。一九八七年，日本人发明了在外盒装生石灰的饭盒，把线一拉，水渗入，起化学作用，产生蒸汽加热駅弁。当今也可以在淡路岛到神户之间的车站买到这种駅弁，饭的上面铺着海鳗鱼，味道还真不错呢。

　　曾经日本物资短缺，人们尽量节省，生产了鱿鱼饭。盒内装了两至三只鱿鱼，里面塞满了饭，用甜酱油煮成，在函馆本线森站贩卖，已成了当地著名产品，凡有駅弁展览会，一定看得到。日本人嗜甜，鱿鱼饭极受欢迎。如果不想去那么远，在东京站的伊势丹百货公司也能买到。

　　当地生产什么，就有什么駅弁出现，食材丰富，售价就可以便宜，吸引很多外地来的游客。在东京站到山形县的新庄站之间，有种米沢牛駅弁，别的地方的牛肉少，这里的盖满整个便当，分肉片和肉碎，用秘制的甜酱来煮。另有一个格子中装着鸡蛋、鱼饼、昆布、泡菜和姜片。驭弁大卖，当地也开了一家饮食店，叫"新杵屋"，用的是新开发的米，米粒特大，很多人专程来吃。

因为需要保鲜，用刺身来做食材的驭弁不多，但在东京和伊豆之间的"踊子号"中卖一种叫作Aji Bento的驭弁，那是用鲹科的竹䇲鱼做的。先将竹䇲鱼片开，用钳子仔细地取出中间的幼骨，再用醋浸保鲜，铺满饭上。吃不惯的人会觉得怪怪酸酸的，又带腥味，喜欢的人则喜欢。

到了北海道，当然有海鲜弁当，其中螃蟹肉的居多，三文鱼卵的也不少。但最豪华的应该是三陆铁道沿线卖的海胆弁当，用特大的海胆五六个，蒸熟后铺满饭上。卖得也不贵，一盒才一千四百七十日元，多年不涨价。可惜产量不多，一天只做二十盒。

所有的驭弁盒上，一定贴有一张贴纸，说明产品和制造者的资料。须严密控制的是食用期，在常温之下，出厂后可以保存十四个小时。

日本文人也爱旅行，作品中多提到他们爱吃的驭弁。夏目漱石喜欢的是小鲇鱼用酱油和糖煮，加一大片鸡蛋，一块鱼饼，几片莲藕，一片红萝卜，几颗甜豆，叫"三四郎御弁当"，可惜在二〇一四年已停产。喜欢看太宰治作品的人到了津轻，可以试试太宰弁当，当今还能买得到。

大排档

若各位有装Netflix收费台，也许会注意到一个叫《街边有食神》（*Street Food*），内地译为《街头美食》的节目。它是由《主厨的餐桌》的主创者戴维·盖尔布（David Gelb）拍的，刚刚播完第一季，讲述了泰国曼谷、日本大阪、印度德里、印尼日惹、中国台湾、韩国首尔、越南胡志明市、新加坡和菲律宾宿务等地方的大排档和当地人的故事。

很明显，制作人受了陈晓卿的《舌尖上的中国》以及《风味人间》的影响，因为之前的饮食节目讲旅行和餐厅，较少提及"人"。

食物会与感情结合，人离不开吃嘛。但是思乡呀，努力奋斗呀，终于成功呀，这些因素总要以哭哭啼啼的情境来表现，就忘记这是一个还要靠商业因素来存在的节目。一沉重了，就要远离观众。

《街边有食神》拿捏得刚好，其中有一两集稍微挤眼泪，但没有《舌尖上的中国》第三季那么厉害，总括来说，还算是看得过去的。Netflix很会选片子，先把《风味原产地》挑去尝试，证实了成功，才下此决策。

第一集讲曼谷，主要人物叫"痣姐"，一个七十三岁的瘦小老太太，脸上有一颗大痣，头戴飞行员眼罩防烟，从早炒到晚，简直是一个卡通片中的人物。影片讲述了她如何买食材，如何创造菜式，最终一步步踏上饮食名人之路。"痣姐"最拿手的当然是最便宜的泰式炒粉（Pad Thai），还有以本伤人的蟹肉煎蛋，看得令观众想专程去曼谷一趟。

节目中还有我最喜欢吃的干捞面。把两团很小很小的黄面条烫热，用猪油和炸蒜蓉捞拌，上面铺着炸云吞、叉烧、肉碎、鱼饼、肉丸，等等等等，总之料多过面。从前还有螃蟹肉呢，但客人认为不必画蛇添足，这些简朴的已经够了，故取消。

第二集讲大阪，讲的并非我们印象中的各种美食，而是街边一家居酒屋式的大排档，卖的是八爪鱼烧、御好烧等，并不是什么可以引你上瘾，一吃再吃的东西，特别之处在于人物的魅力。这里有个健谈的老头，到市场去看什么便宜就买什么，回到档中，用他粗糙的方式弄出来让客人下酒。他在节目中用独特的幽默口吻讲述自己如何辛苦奋斗，实在有点闷。

第三集讲印度德里，那些街边小吃更不是什么值得尝试的美食，这当然是我个人的偏见。薯米团子浸在糖浆中，如果不是你从小吃到大的东西，不会去碰。

烧肉串也到处都有，并不一定在街边才能吃。这一段只讲小贩和环境的斗争。

第四集讲述菜市场中一位一百岁还在卖甜品的老太太，片子播出时，她已去世了，传奇尚在。印尼的甜品是令人眼花缭乱的，我第一次去就看到三百多种，回来告诉朋友，没有一个相信。印尼的饮食文化实在深远，又因为地处热带，食材随手可拈。

片中还提到用大树菠萝（波罗蜜）做的各种菜包，另有肉丸子、印尼炒饭、木薯面条等等。

第五集带我们去到中国台湾小镇嘉义，那里有出名的火鸡饭，还有砂锅鱼头。片中讲述了在一家叫"林聪明砂锅鱼头"的店里，女店主与上一代如何斗争和妥协，故事非常感人。食物好不好吃不知道，一定要亲自去试。

一定要试的是非常特别的嘉义羊肉，这里的店主要戴上防毒面罩才能活下去。把特别种类的羊肉斩件加药材，再用泥土封瓮，放进烧瓦的窑子中，炖它三天才取出，这时喝一口汤，就像店主所说，可以打通任督二脉。我看到这一集，大叫为什么我在台湾时，没有人告诉我有这一道菜！即刻决定专程去一次，看这一个节目，已值回票价。

第六集讲首尔广藏市场中一位卖刀切面的大妈，故事当然感人，所有当小贩的大妈都有那么一段故事。不过广藏这个市场非去不可，要吃什么都有，像酱油螃蟹、辣年糕等等。这个市场吸引到你，不是因为小贩，是因为美食。

第七集讲越南胡志明市，有一排档专卖各类贝壳，其中的炒钉螺最突出。钉螺这种食材，我在内地和香港吃了都出过毛病，香港人不碰为妙。讲越南面包的一段倒深深吸引了我，我知道吃了一定会上瘾。

第八集讲新加坡是老生常谈，而且熟食中心小贩卖的食物只是有其形而无其味。第九集讲菲律宾宿务也不特别。

《街边有食神》怎么漏掉了中国香港呢？

因为香港已经没有街边大排档了，特区政府很努力地去禁止，说什么不清洁、不卫生，至今全香港只剩下二十五家大排档。为什么最爱干净、卫生的日本都市，像大阪可以让他们存在，而香港不能？福冈是以大排档招徕游客的，许多外国朋友一到香港就要找大排档，但找不到。香港旅游局请我去拍一个广告，背景用的就是中环仅存的大排档，这不是骗人嘛！好好考虑恢复大排档吧，会令香港赚钱的！

游戏的终结

在影视界历史上，没有哪一部片集像《权力的游戏》那么成功过，总之打破所有纪录，写下历史，是经典中的经典。

终于要散，故事一定要说完，但不是大家预期的，所以各有己见是必然的。媒体上议论纷纷，有些人甚至要求重拍，制作方不会理你的，做梦去吧！

有什么可能让大家感到满意呢？这个片集以杀戮成名，最好是以杀戮收尾，观众的预期是把所有的人都杀光，留下小恶魔，他毕竟是一个最讨好的角色。

制作方也想过吧？但戏已成名，利已收，可以放下屠刀了，让嗜血的观众大失所望又如何！

我们印象最深刻的情节，莫过于第一季中，观众以为作为魁首的艾德·史塔克（Eddard Stark，昵称"内德"），由大明星肖恩·比恩（Sean Bean）扮演，一定会在以后占很多很多的戏份，但他一下就被对方斩了头，大家都"哎呀"一声叫出来。

接着，在以后的片集之中，权力的游戏变成"谁会忽然被杀死？"的游戏。所有角色都有可能断头，最过瘾的是史塔克一家的喉咙一下子完全被割断，编剧大喊："观众们，没想到吧！"

角色一个个被杀，所剩无几，这怎么办？就让乔恩·斯诺（Jon Snow）死而复生吧，编剧又暗暗发笑："你奈我何！"

另一个吸引观众看下去的因素，是女主角们个个演技高超，还会脱衣服。阿猫阿狗怎么脱都没用，又会演又会脱才过瘾呀。不过像杀人一样，编剧们对裸体镜头已越来越不感兴趣，到了最后那几季，已经几乎不出现了。

一点都不介意裸体演出的是演皇后的莉娜·海蒂（Lena Headey），朋友问我所有的女主角中最喜欢哪一个，我就选她。这个人并不美，牙齿有缺陷，说话时常忽然闭起嘴来，但她最有个性，我一开始就为她着迷。到了被迫脱光衣服当众游行的一场戏，她的身材已变，而且又怀了孕，才叫替身来演。

"龙妈"（Emilia Clarke）本人是一个大笑姑婆（粤语，指很爱笑的女生），角色要她不苟言笑，演得辛苦。不过这位英国小妞能把虚构的语言讲得那么流利，也是演活这个角色的重要原因。

其实最不会演戏的是索菲·特纳（Sophie Turner），她只有哭丧着脸这一个表情，比不上演她妹妹的梅西·威廉姆斯（Maisie Williams）。

所有观众最喜欢的当然是演"小恶魔"的彼得·丁克拉格（Peter Dinklage），他人虽小，但也享尽多位女演员的美色，让观众大乐。他将会成为历史上最著名的侏儒演员。

片集的成功也很靠反派演员。从皇后到演她的父亲的查尔斯·丹斯（Charles Dance），尤其是演儿子乔佛里（Joffrey）的杰克·格利森（Jack Gleeson），演得邪恶入骨。演"小指头"培提尔·贝里席（Petyr Baelish）的是艾丹·吉伦（Aidan Gillen），也演得阴险万分。尼古拉·科斯特-瓦尔道（Nikolaj Coster-Waldau）扮演的是亦邪亦正的弑王者，最初被观众憎恶，最后被接受，甚至被格温德琳·克里斯蒂（Gwendoline Christie）扮演的女巨人看上，也很成功。

演"红巫师"的卡里切·范霍滕（Carice Van Houten）和演玛格丽·蒂雷尔（Margaery Tyrell）的纳塔莉·多默（Natalie Dormer）当然是大脱特脱，尤其是后者，她所演的任何角色，几乎是不脱不成立的。

另一非常邪恶的角色是拉姆齐·博尔顿（Ramsay Bolton），由伊万·瑞恩（Iwan Rheon）出演，给观众留下深刻印象。

演反派的也不都是新人，客串"大麻雀"的是乔纳森·普赖斯（Jonathan Pryce），英国著名演员，曾演过很多部戏的主角，其中一片叫*Brazil*，在香港上映时译为《妙想天开》，是非常值得一看的好电影。

演奥琳娜·蒂雷尔（Olenna Tyrell）的戴安娜·里格（Diana Rigg）美艳并红极一时，当今垂垂老矣，但演技犹佳。

值得一提的还有演"灰虫子"的雅各布·安德森（Jacob Anderson），他本人是一位很红的创作歌手和唱片制作人，不是籍籍无名。

演他的伴侣的是纳塔莉·伊曼纽尔（Nathalie Emmanuel），是个英国演员，目前已经有很多剧本等她挑选，一定会有佳作出现。

也许你会喜欢对"龙妈"忠心耿耿的伊恩·格伦（Iain Glen），他接下来会与皇后合作拍一部电影，叫《洪水》（*The Flood*）。

至于演"龙妈"丈夫的那个巨汉贾森·莫玛（Jason Momoa），大家都知道，他已是大红大紫的海龙王了。

观众对结局的期待是最好把所有的角色杀死，现在一留就留那么多，就不满意了，而且那么可恨的皇后死得不够痛快，只有和她哥哥拥抱的一个镜头。观众喜欢的是只留下约翰·布拉德利（John Bradley）扮演的胖子守夜人来服侍艾萨克·亨普斯特德－赖特

（Isaac Hempstead-Wright）演的跛国王，但也有更多的观众不同意，怎么说都不行，就像改编了的金庸小说，一定有议论。

和所有的战争片一样，到了最后，终于得到和平，《权力的游戏》也理所当然得到了和平。但人类嘛，得到了和平，要维持长久，怎有可能？接下来又是另一部战争片的剧本了。

家乡菜

人家问我：你是潮州人，为什么喜欢吃上海菜，而不是潮州菜？

答案很简单，只认为自己的家乡菜最好，是太过主观的。和其他省份以及别的国家的菜比较，觉得好吃的，就是自己的家乡菜，不管你是哪一方人。

我喜欢的还有福建菜，那是因为我家隔壁住了一家福建人，应该说闽南人吧（福建其实真大，有很多种菜）。那是爸爸的好朋友，一直想把女儿嫁给我，拼命给我灌输闽南文化，吃多了觉得十分美味，也就喜欢上（是菜，非人家千金），当自己是一个地道的福建人去欣赏！

记得很清楚的有具代表性的薄饼，也叫润饼，包起来十分麻烦，要花三四天去准备，当今已没有多少家庭肯做。一听到有正宗的，即刻跑去吃，甚至找到厦门或泉州去，当是返回家乡。

小时还一直往一位木工师傅的家里跑。他是广东人，煲的咸鱼肉饼饭一流，做腊味更是拿手，淋上的乌黑酱油种下我爱粤菜的根。后来在香港定居，日常生活中已离不开广东菜。

当然马来菜我也喜欢，什么"辣死你妈"的早餐，各种咖喱、沙嗲等等。马来菜源自印尼菜，我把印尼菜也当成家乡菜，而且吃辣绝对没有问题。小时偷母亲的酒喝，没有下酒菜，就到花园里采指天椒，又找小米椒来送，这使我喜爱上泰国菜。长大了去泰国工作，一住几个月，天天吃，也不厌。

在日本留学和工作，转眼就是八年，有什么日本菜未尝过？但我从来不认为日本料理有什么了不起，而且种类绝对比不上中国菜，变化还是少的。

倒是觉得韩国料理才是家乡菜。我极爱他们的酱油螃蟹和辣酱螃蟹，他们还将牛肉做得柔柔软软，让家里没有牙齿的爷爷也咬得动，叫为"孝心牛肉"。这种精神让我感动。他们的泡菜是愈吃愈过瘾，千变万化，只要有一碗白饭就行。

法国料理一向吃不惯，高级餐厅的等死我也，小吃店的才能接受。意大利菜就完全没有问题，吃上几个月我也不会走进中华料理店。

在澳大利亚住了一年，朋友们都说澳大利亚菜不行，不如去吃越南菜或中国菜，但到了异乡吃这些不是本地的东西，就太没有冒险精神了。一个陌生的地方总有一些美味的，问题在于肯不肯去找。

努力了，你便会发现他们有一种菜，是把牛排用刀子刺几个洞，把生蚝塞进去再烤的吃法，甚为美味。他们的甜品叫帕芙洛娃（Pavlova），用来纪念伟大的芭蕾舞娘，一层层轻薄的奶油，像她穿的裙子，也很好吃。不过当为家乡菜，始终会觉得闷的。

如果说顺德菜是我的家乡菜，我会觉得光荣，简简单单的一煲盐油饭已经吃得我捧腹出来。精致的是我最近尝到的肥燶叉烧，用一支铁筒插穿半肥瘦的猪肉，中间将咸蛋灌进去，烧完再切片上桌，真是只有顺德人才想得出来的玩意。还有他们的蒸猪，是把整只大猪的骨头拆出来，涂上盐和香料，放进一个像棺材一般大的木桶里面，用猛火蒸出来，你没试过不知道有多厉害。

当杭州是家乡的话，从前是不错的，在西湖散步之后回到宾馆吃糖醋鱼，配上一杯美酒，有多写意！当今湖边挤满游客，到了夏天，一阵阵的汗味攻鼻，实在是不好受的事。而且食物水平一天天低落，连酱鸭舌也找不到一家人做得好，别的像龙井虾仁、东坡肉、馄饨鸭汤等，还是来香港天香楼吃吧。

昨夜梦回，又吃了上海菜。二十世纪五十年代初，有大批上海人拥到香港，当然带来他们地道的沪菜。好餐厅给熟客看的不是菜单，而是筷子筒。把筷子筒拆开，在空白处写着"圆菜"，那就是甲鱼；写着"划水"，那就是鱼尾；写着"樱桃"，那就是田鸡腿。都是告诉熟客当天有什么最新鲜的食材，的确优雅。

草头圈子是用一种叫为草头的新鲜野菜和红烧的猪大肠一起炒的。炒鳝糊是将鳝背红烧了，上桌前用勺子在鳝背上一压，压得凹进去，上面铺着蒜蓉，再把烧得热滚滚的油淋上去，嗞嗞作响上桌。

菜肴都是油淋淋、黑漆漆的，叫为浓油赤酱。后来我到上海到处找，像"老正兴""绿杨村""沈大成""湖心亭""德兴馆""大富贵""洪长兴"等等，侍者态度怎么可憎都忍了下来，但就是没有浓油赤酱，所有菜都不油、不咸、不甜，将老菜式赶尽杀绝。而且，最致命的是不用猪油了。

醒来，一大早跑到"美华"，老板的粢饭包得一流，他太太还会特地为我做蛤蜊炖蛋，又叫了一碗咸豆浆，吃得饱饱。中晚饭也去吃，他们的菜，下猪油的。

我前世应该是江浙人，所有江浙菜，只要是正宗的，我都喜欢。

只要好吃，都是家乡菜，我们是住在地球上的人，地球是我们的家乡。

活得有趣

得自在

顺德行草展

我的行草展，从第一场在北京荣宝斋开完后，接着是到香港荣宝斋、青岛出版社，接下来的第四场到哪里好呢？友人建议还是在珠江三角洲吧。好，就先到深圳、广州和几个大城市走一趟，考察展出地点的条件。

来到了顺德，被当地朋友请去吃了一道叫咸蛋黄灌肥燶叉烧的菜，就即刻决定下来，第四场在顺德开。字一张卖不出也不要紧，有几餐好的吃，已够本。

顺德以前去过好几次，每回都是走马观花，做电视节目时也不过待三两天。这趟借开书法展的名义，从二〇一九年七月二十七日到八月十一日，一共十五天，有足够的时间让我在开书法展之余吃出一个精彩来。

首先介绍这道咸蛋黄灌肥燶叉烧，从扮相上就深深地吸引着你，是聚福山庄构思出来的。将一支铁筒插入一条半肥瘦的梅头肉，灌入咸蛋黄，再用古法把肉烧燶，切成一片片厚厚的肉，中间镶着流出油来的咸蛋黄。味道当然好到不能相信，上桌时众客已"哇"的一声叫出来，非吃不可。

在准备期间和开记者发布会时也去过几趟，每次都有意想不到的菜式出现。有些是失传的古菜；有些是创新中不古怪，甚于传统的美味；有些是名声已噪的菜肴。不过到了小店能吃到更好的，像那双皮乳和姜汁撞奶，路经名店食时，奶淡如水，投诉后拿去再撞，撞了几回也撞不凝固，不如小店里自养水牛的奶汁。还有那貌不惊人的老姜，做出来的双皮乳和撞奶，简直是好吃到文字不能形容，各位要亲自尝试，才知道我讲的是什么。

在试吃各种美味之间，我也会尽量花一些心思，于传统的食物中变出新花样来。譬如说顺德著名的凤眼果，夏天刚是当造（粤语，意为正值时令），传统的做法是先将凤眼果煲熟，与鸡块焗炒出香味，再焖出来。如果加上同类的栗子，又有什么效果？我再添了大树菠萝的种子返去焖出三果来，吃客便会"咦"的一声问道："那是什么？"

日本人叫这种不失传统，但又创新的做法为"隐味"，像吃炸猪排时配上包心菜。有家出名的炸猪排店的猪排特别好吃，原因在于把西芹丝混进去的"隐味"。

不过与吃一些著名的大菜相比，我还是喜欢粗糙的，受经济条件所限时做出来的东西。像当今的"龙舟宴"，又用鲍参翅肚，又用鸡鹅鸭，就不如把节瓜煮粉丝虾米、豆角炒萝卜粒、鲜菇炒鲮鱼丸之类的粗菜混入大锅中的"一锅香"好吃。这回去，就要去找这些来吃。

说到粗菜，上次去"猪肉婆"，弄出十几碟大菜来，吃到最后，还是他们家做的油盐饭最佳，几个朋友各吞三大碗，面不改色。

去到顺德，不吃河鱼怎对得起老祖宗？上回去，有一家卖鱼生卖得出名的店请我吃饭，鱼生当今香港人已不太敢尝试，不过人家吃了上千年的东西，浅尝又何妨？

问主人家，鱼油呢？回答说不卖了。什么？那才是真正对不起老祖宗。从前我们吃鱼生，还会添上一碟尽是脂肪的鱼肥膏，我下回去，一定会要求来一碟。

猪杂粥也会去吃，一般的香港都有，"生记"做的也不会比顺德人做的差，我去寻求的是猪杂的原始做法和精神。举个例子，洗猪肚时要用番石榴叶子加生粉去净馊味。还有那原汁原味的猪红，顺德人特别懂得炮制，吃了真是可以羡慕死政府禁止售卖血类制品的新加坡人。

海鱼一养就逊色，河鱼不同，可以养出和野生鱼几乎同味的河鲜来。顺德人还有一种特别的养殖方法叫"桑基鱼塘"，勤劳智慧的祖先们将渍水的地势就地深挖为塘，用泥土覆了四周为"基"。基上种桑，用桑叶喂蚕，用蚕的排泄物饲鱼，形成"桑肥蚕壮，鱼大泥肥"的良性循环。当今珠江三角洲各地已见少卖少，只剩下顺德还有一些。

鱼肥不在话下，桑叶的美食有桑叶扎，是不承传便会失去的点心之一。将各种时令蔬菜切丁，用鲍汁提鲜，再裹上桑叶汁制成的皮，翠绿可喜，别开生面。

"桑基蚕香"这道菜，将蚕茧、墨鱼、夜香花、烧肉、淡口头菜叶切碎，炒至焦香，裹以鱼胶。表面蚕丝，用威化纸切成。

至于甜品伦敦糕，我们怎么做也做不过"欢姐"，在我的点心店卖，也只有向"欢姐"入货，这是对当地美食的一种敬意。这回去了，听到有些人说另外一家的比"欢姐"的好吃得多，更非去试不可。

一般客人对白糖糕的印象还只是停在"带酸"的程度，不知应该是全甜的。希望能吃到更上一层楼的味道，再向他们入货，这一点"欢姐"也不介意吧?

酿三宝没什么特别的地方，酿鲮鱼却能让外国人惊叹，做得好的餐厅不多，这次希望吃到最佳的。什么是最佳，我不停地说，是比较出来的。

本来想把做好的资料一一告诉大家，写到这里，发现才说了十分之一，请各位耐心等待，我会再三细诉。

顺德，我来也。

泰国手标红茶

我在泰国生活的那段日子，虽然也带了普洱去冲泡，但是在外不便，喝得最多的还是泰国手标的本地红茶，一喝上瘾，喝个不停。

通常是向小贩买的，泰国小贩像蚂蚁，每到一处，一歇下来，就有各种小贩摊出现。小吃的种类无数，喝的就在咖啡摊卖。所谓咖啡摊，喝咖啡的人不多，主要是卖茶。一种商品卖得好时，通常便会出现抄袭的，像可口可乐之后出现百事可乐，只有泰国手标红茶，打遍天下无敌手，一帆风顺地出售。

到底是什么茶？像锡兰红茶吗？不，不，不，一点也不像。说到颜色，也的确红，而且红得厉害，味道不接近任何饮品，是独一无二的。

好喝吗？第一次喝，加大量炼奶的话，还可以喝下，只是味道出奇地怪。要是不加糖的话，有些人可能一喝就吐出来。

总之，个性强烈，只有喜欢或不喜欢，没有中间路线，令人爱上的，也是这种独一无二的味道。

颜色红得近乎不天然，包装上的介绍，都只强调零卡路里、零蛋白质、零饱和脂肪酸、零碳水化合物，什么都是零，但到底有什么原料，只有看不懂的泰文。

那么香，哪里来？那么令人上瘾，会不会含罂粟？管他什么物质，只要好喝就是，泰国人天天喝，也没出毛病，我们偶尔饮之，又如何？

小贩们通常推着一辆小木车，车上有个铝质的大圆桶，顶上有几个洞，里面煲着滚水。用根铁勺子，把滚水舀出冲进布包，布包中加茶叶，浓茶即冲出。很少人像我那么清喝的，都是下大量炼奶，不甜死你不必给钱。

有时，我还看到小贩们把冲完的茶渣扔入大水桶中，水桶下面生火，煲完又煲，不浓也变浓，越浓越好喝，直到上瘾。

有些人会停下来，在小贩车旁边慢慢喝，但大多数是拿了走，一面上路一面慢饮。用什么装着呢？当然没有当今星巴克那种包装，通常是用一个装炼奶的罐头空罐，盖子打开了，在盖的中间钻一个洞，用一条稻草穿过，打个结顶住，就是一个原始又完美的废物循环容器。

后来慢慢进步，年轻小贩更不会用稻草，就发明了一个塑料的套，套住铁罐，两边有耳朵，可以手提。更进步时，罐也是塑料，袋也是塑料，吸管也是塑料，整个海洋都是塑料了。

一喝上瘾，想买回去当手信，或自己在家冲泡时，可买他们的罐装的。最早是一大铁罐装着，至少有五公斤重，后来慢慢改为罪魁祸首的塑料，变成四百克装。更有方形罐装的，里面一包包网装，泡起来方便。大铁罐的好像永远喝不完，改小后，里面有根塑料的匙子，一勺一次，分量恰好。

一开始我就预言，那么美味的饮品，一定会在东南亚以外的地方流行起来。当今有那势头，不只华人喜欢，连老外也喝上了瘾，卖得通街都是。

香港人后知后觉，要喝手标红茶，只有去九龙城的泰国店才能找到，而且不是每一家都有。看到台湾地区的什么珍珠奶茶红遍天下，泰国人也自设了手标红茶专门店，现在你到泰国的每一个大型商场，都能找到一家分店。

商标大大地写着"Cha Tra Mue"，卖茶拿铁、抹茶锉冰、玫瑰奶茶，更有各种软雪糕。说到雪糕，手标红茶雪糕奶味十足，又软又滑。

手标红茶始于一九二〇年，由一个华侨始创，到了一九四五年，这家人将其发扬光大，在曼谷的唐人街正式建立公司。刚开始时不是独沽一味卖泰茶，也由中国进口乌龙、绿茶和铁观音等等茶叶，但天气热的泰国不适宜只喝中国茶叶，便开始在清莱种植售卖这些有茶味，并可以加糖、加奶、加冰的独特红茶了。

我们自己冲泡时，用什么炼奶好呢？当然是用原汁原味的"乌鹜"牌（U CHIOU）炼奶了。

在二〇一七年二月，这家人开始推玫瑰花茶、荔枝玫瑰花茶和蜂蜜玫瑰花茶，加了大量的冰，用最多的糖泡制，装入塑料杯中，杯耳上面印有"Happy Valentine's Day"的字眼，超级浪漫。

现在都会几句泰语，到了那边叫起来较为方便。比如Chaa Nom

Yen（茶浓烟），就是"冰奶茶"的意思，把字拆开，"Chaa"当然是"茶"的意思，"Nom"就是"牛奶"了，而"Yen"就是"冰"了。

如果想在香港购买，可到"昌泰食品"去。

丹尼尔·席尔瓦作品

经过了经典阶段，我当今看的是一般人认为垃圾的打打杀杀电影，而小说方面，最好是不费脑筋的杀手故事。

自从二〇〇〇年接触丹尼尔·席尔瓦（Daniel Silva）写的*The Kill Artist*（《暗杀大师1：暗杀艺术家》）之后，我便一直跟着阅读，直到二〇一九年的*The New Girl*（《新来的女孩》），都是以一个叫加百列·艾隆（Gabriel Allon）的人物串起来。

和没有学问的杀手不同，主人公是一个专门为古典名画做修复工作的人。在慕尼黑奥运会中发生恐怖袭击惨案，众多的以色列运动员被恐怖分子屠杀，事后以色列政府下了暗杀令，叫一群杀手把恐怖分子一个个干掉，而艾隆就是被派去的成员。他杀人虽然不合法，但也像詹姆斯·邦德一样，得到了政府的准许。这么一来，原本是做坏事的人物，也得到读者的同情。

艾隆接着根据命令，杀了毒枭、阿拉伯恐怖组织的头目、俄国的黑社会大哥等等，都是该杀的，都不是无辜的。

杀人的人，自己的家人也被杀，艾隆的儿子因此身亡，他的妻子因悲伤而痴呆。艾隆当然把这些坏人一个个找出来，一个个杀死，读者得到和他一样的快感。

作者丹尼尔·席尔瓦原本为一个记者，也做过CNN（美国有线电视新闻网）的通讯员，对时事的触觉很敏锐，每每利用真实人物、真实事件当故事中的角色和背景，所写作品不像一般杀手故事那么虚无。

他搜集的资料也十分详尽。他本身在中东住过几年，从稿费中得到的财产也足以让他到世界各地去旅行，带着他的太太及龙凤胎。他所写故事的背景都有根有据，得到的名声令他能够参观各国的间谍机构，连俄国的情报总部都考察过，所写的地方真实感十足。

原来是天主教徒的他，因太太是以色列人，入了犹太教，这让他拥有了进入Mossad（以色列情报和特殊使命局）的通行证。小说中的间谍头子，作者用真实人物迈尔·达冈（Meir Dagan）当模特，迈尔近年才去世，更令读者相信书中的故事。

以艾隆作为主人公的小说一共写了十九部，一部比一部畅销，除了 *The Rembrandt Affair*（《暗杀大师：寻找伦勃朗》）之外，都制成了有声书，若旅行时舟车劳顿，也可以听来消磨时间。

比其他杀手小说更上一层楼的是，作者对艺术世界的认识甚深，尤其是对古典作品，那些被盗取的名画也成为作者的写作资料。历年来，这些赃物变成黑社会人物及各国政要洗黑钱的工具，款额是个天文数字。

作品中经常出现的名画收藏家朱利安·伊舍伍德（Julian Isherwood）亦像艺术界的真实人物，此人亦邪亦正，也是读者非常喜欢的。

那么多年下来，艾隆逐渐年纪大了，Mossad的头目也周身病痛，他一直想把这个岗位传给艾隆，但艾隆十分不愿意，一有空就躲在小岛上做他的名画修复。最终在不得已之下，艾隆只有接受。近来这几部小说中，出现了另一个英国杀手克里斯托弗·凯勒（Christopher Keller），被认为是艾隆的接班人，读者们可以放心，今后小说中的动作部分由这个人物去承担，不怕艾隆老去。

爱情部分，艾隆身边不乏有智慧又勇敢的女间谍或女恐怖分子，但艾隆只对她们发于情，止于礼。直到在 *The Confessor*（《暗杀大师3：忏悔者》）这部小说中，出现了一个犹太教会法师的女儿基娅拉（Chiara），她甚至肯为艾隆牺牲性命，后来才成为他的第二任伴侣，虽然艾隆还是时常罪恶感十足，要去探望在养老院的前妻。

总之，丹尼尔·席尔瓦的作品中时常带着二十世纪初期的英文侦探小说风范，这可以在他的第一本书 *The Unlikely Spy*（《不可能的间谍》）中看到。这本书情节曲折，是一本非常值得阅读的书。

第二本 *The Mark of the Assassin*（《国家阴谋12：刺客印

记》）和第三本 *The Marching Season*（《行进的季节》）以迈克尔·奥斯本（Michael Osbourne ）作为主人公，但这两本之后他就消失了，也可一读。

丹尼尔·席尔瓦本人戴着眼镜，身材瘦削，西装笔挺，像一个大公司的行政人员多过小说家。每一部佳作发表后，他都会做巡回演讲，在网上也可以找到他的各个访问。

《纽约时报》的畅销书排行榜中，他占第一名的作品众多，那为什么至今还没拍成电影呢？《007》之后，这一类电影的大监制已经绝迹，多次有人向他买版权，都被他提出的条件难倒，他称自己是好莱坞的噩梦。

如果拍电影的话，那么多部小说，那么长的制作时间，要拍到几时？好在有《权力的游戏》出现，书可以拍成长篇连续剧。作者看中了这种方式，和米高梅电影公司签了约，制作人是《冰血暴》《使女的故事》的原班人马，作者才信得过。

拭目以待，丹尼尔·席瓦尔的书一定会拍成很精彩的长篇连续剧。

家常汤

"你喝些什么汤？"记者问。

最好喝的当然不是什么鱼翅鲍鱼之类的汤，而是家常的美味。每天煲的汤，当然用最容易买到的当造食材。

今天喝些什么呢？想不到，往九龙城菜市场走一趟，即刻能决定。

看到肥肥胖胖的莲藕，就想到章鱼莲藕猪骨汤了。回到家里，拿出从韩国买回来的巨大八爪鱼干来，洗个干净，用剪刀分为几块，放进陶煲内。排骨选尾龙骨那一大块，肉虽少，但骨头最出味，极甜。另外把莲藕切成大块投入，煲两三个钟头。煲出来的汤是粉红色的，就是上海人倪匡兄最初见到，形容不出，把它叫为"暧昧"的颜色。他试过一口即爱上，佩服广东人怎么想得出来。

当今天气炎热，蔬菜不甜又老，最好还是吃瓜。而瓜类之中，我最爱的还是苦瓜。将小排骨，即肉排最下面那几条，斩成小件，加大量黄豆。苦瓜切成大片，最后加进去才不会太烂。这口汤，也是甜得要命，又带苦味来变化，的确百喝不厌。

至于要煲多久，全凭经验，有心人失败过几次就能掌握。一直喊不会煲汤的人，是懒人。

虽说天热蔬菜不佳，但也有例外，像空心菜，也叫蕹菜，就愈热愈美。买一大把回来，先把江鱼仔，就是鳀鱼干——到处能买到，但在槟城买到的最鲜甜——中间的那条骨去掉，分为两半，滚它两滚，味出，即下蕹菜和大量蒜头，煮出来的汤也异常美味。

老火汤太浓，不宜天天喝，要煮这种简易的清汤来中和一下。

清爽一点的还有鲩鱼片芫荽汤。鲩鱼每个街市都有卖，买肚腩那块，去掉大骨，切成薄片。先把大量芫荽放进去滚，汤一滚，投入鲩鱼片，即收火。这时的汤是碧绿色的，又漂亮又鲜甜。

我喜欢的汤，是好喝之余，汤渣还能吃个半天的。像红萝卜煲粟米汤，粟米要买最甜的那种，请小贩们介绍好了，自己分辨不出的。如果要有疗效，那么放大量的粟米须好了，可清肺。下排骨煲个一小时，喝完汤捞出粟米，蘸点酱油来啃，可当点心。

说到萝卜，青红萝卜煲牛腱，最好是五花腱，再下几粒大蜜枣，一定好喝。从前方太还教了我一招，那就是切几片四川榨菜进去，味道变复杂，口感爽脆。牛腱捞出切片，淋上些蚝油，又是一道好餸（粤语，意为下饭的菜）。

花生煲猪尾也好喝，大量大粒的生花生下锅，和猪尾煲一两个小时，汤又浓又甜。我发现正餐之间，肚子饿起来，最好别乱吃东西，否则影响胃口，这时吃几小碗花生好了。猪尾只吃一两小段，其实当今的猪，尾巴都短，要多吃也吃不到。

猪尾猪手，毛一定要刮干净，除了用火枪烧之，就是用剃刀仔细刮个清清楚楚，不然吃到皮上的硬毛，心中也会发毛。有时怎么清洁都剩下一些，是最讨厌的事。我曾经一而再，再而三地问那些猪脚专门店的人如何去毛，他们也说除了上述做法，没有其他办法。

说到猪脚，北方人多数不介意前蹄或后脚，广东人叫前蹄为猪手，后踭为猪脚，就容易分辨。总之，肉多的是脚，骨头和筋多的就是手了。

当今南洋肉骨茶也开始流行起来。到肉贩处买排骨时，吩咐要肉少的首条排骨（肉太多了，一吃就饱），再去超级市场买肉骨茶汤包，放进去煲它两个小时就能上桌。别忘记下蒜头，一整颗，用汽水瓶盖刮去尾部的细沙就可投入。喝时会发现蒜头比肉美味。如果要求高些，当然要买最正宗、最好喝的新加坡"黄亚细"汤包，虽然比一般的价高，但是值得的。煲时除了排骨，可下粉肠及猪肝，猪腰则到最后上汤时灼一灼即可。

在家难于处理的是杏仁白肺汤，可给多点钱请肉贩为你洗个干净。加入猪骨和杏仁进去煲，煲至一半，另取一撮杏仁用打磨机磨碎再加入。这么一来，杏仁味才够浓。

要汤味浓，也只有用这方法。像煲西洋菜陈皮汤，四五个人喝的分量，最少要用五斤的西洋菜，一半一早就煲，另一半打碎了再煲。肉最好是用带肥的五花腩，煲出来油都被西洋菜吸去，不怕太腻。总之要以本伤人，煲出一大堆汤渣来也可当菜吃。

另一种一般家庭已经少煲的汤是生熟地汤。用大量猪肉猪骨，煲出黑漆漆的汤来，北方人一见就怕，我们笑嘻嘻地喝个不停，对身体又好。

跳出框框来个汤最好。当今的冬瓜盅喝惯了，已不觉有何特别，最近在顺德喝的，不是把冬瓜直放，切开四分之一的口来做，而是把冬瓜摆横，开三分之一的口；瓜口不放夜香花，而以姜花来代替。里面的料是一样的，但拿出来时扮相吓人，当然觉得更是好喝了。

不过我喝过的最佳冬瓜盅，是和家父合作的。他老人家在瓜上用毛笔题首禅诗，我用刻图章的刀来雕出图案，当今已成绝响。

莆田

小时，我家隔壁住了一家福建人，他们一直教导我福建文化，让我学会一口流利的闽南语；饮食上，更是仔细地分享各种地道的食物，令我对福建菜深深入迷。

长大后在各地住，很多食物都尝遍，少的只是福建菜。说福建人不会做生意，倒也不是，当今在全国遍地开花的沙县小吃，就证实了他们的成功。

闽南人尤其勤俭，他们认为与其去餐馆吃，不如在家做，又便宜又好，所以在本地以外的地方，福建菜相对比粤菜、川菜少。

来了香港，一直想吃福建菜，但要找一家餐馆都难，只有屈指可数的一些小食肆刻苦经营，所以我在二〇〇九年四月二日的《壹周刊》上写了一篇文章，呼吁福建人来开餐厅，我当大力为之免费宣传。

到了同年五月，一个叫方志忠的年轻人持了一封我的新加坡好友潘国驹的介绍信来见我，说想在香港开一间福建菜馆。我听了非常兴奋，要求试菜时一定要叫我。

过了不久，方志忠果然打电话来，经练习又练习，他终于可以开业了。

餐厅叫"莆田"，原来在新加坡已开了多家分店，生意好得不得了，但方志忠说登陆中国香港，得从头做起，非得小心不可。

吃了一大顿，咦，和一般闽南菜还是有分别的。原来福建省很大，各地方言各异，吃的当然不同。东西是好吃的，要怎么才能在香港成功呢？方志忠问道。

我回答："平""靓""正"是三个硬道理，不管做什么菜，在哪个地方开店，只要死守住这三条，就永不会失败。但所谓"平"，不是便宜那么简单，像要吃海中鲜，哪有不贵的？但价高价廉是相对的，比别家便宜，就是物有所值。

"靓"是好吃，地方干净光亮，也属于"靓"。至于"正"，当然是正宗，不投机取巧。

方志忠一直遵守着这三条，默默耕耘，从二〇〇〇年第一家店在新加坡开业以来，培养了有素质的员工，一家开完才开第二家。当今，他在中国香港地区已经有八家店，全球有六十五家店了。

有什么菜吸引了那么多顾客？当然有他们的明星菜。先来一碟头水紫菜。什么是头水紫菜？原来紫菜还分头水、二水、三水，甚至到十二水。

每年秋冬交接时，正是一年一度的紫菜收获期。第一次采割仅有七天的黄金采割期，这时的紫菜叶片极细嫩，产量极稀少，口味极鲜。头次采割的紫菜稍一用力就能扯断，接下来的韧性跟着增强，当然口感就差了。

莆田这地方有一望无际的紫菜养殖场，这里也是方志忠的家乡。他从莆田拿到最优质的货源，在当造时撒上一点小鱼，淋上特配的酱汁，就是一碟令人惊奇的好菜，百食不厌。紫菜的好处就是能够晒干，味道也不变，浸水后还原，和新鲜的一样，这么一来就全年都能够吃到了。

接下来是福建三宝：莆田扁肉汤、百秒黄花鱼和莆田卤面。扁肉汤是用猪肉打成极薄的皮，包成小云吞。百秒黄花鱼，一人一尾不必争，从离水到煮成，不会超过一百秒，这样才能保持肉和汤的鲜度。

面也可以用卤水汁来做吗？卤只是福建人的叫法。实际是下猪油煸五花腩肉，再下发好的冬菇丝和生蛤肉爆炒。上汤沿锅边下，滚后加葱油渣和生虾，再下生面，淋油，淋酒，关火上菜。试过的人无不叫好吃。最近他们还加了一道福建海鲜卤面，面中加了多种鱼虾，也很受欢迎。

"莆田"有种特别幼细的米粉，并不像一般漂过的米粉那么雪白，带着浅褐色。这种像头发粗细的米粉爆炒后也不会断，特别容易吸收汤汁。它的制法纯粹天然，太阳晒干，这种制法已被列入非物质文化遗产。各位一试，便知道它的特别之处。

当然，和一般闽南菜相似的也有传统的海蛎煎，也就是潮州人所说的蚝烙和台湾人叫的蚵仔煎，但味道有微妙的不同。

别的地方叫九转大肠，这里叫小肠。把小肠翻完又翻，像有九层重叠的感觉，吃起来也特别香，喜欢吃肠的朋友不容错过。

因在新加坡起家，"莆田"的菜单上少不了海南鸡饭。在新加坡住久了，师傅也能掌握正宗的做法。

分店开多了，菜式也不断地增加。方志忠看中了莆田养的鳗鱼，创出泉水现煮之法。只放姜丝、枸杞和盐，不加其他调味品，用泉水把鳗鱼片烫熟上桌，汤鲜肉甜，鱼皮嫩滑弹牙。

以鳗鱼为食材的还有铁板香煎，将鳗鱼煎到鱼皮微卷，鱼肉泛金黄，只需撒上一点海盐就令人吃个不停。

方志忠知道钱是赚不完的，所以能一直保持着水平，又去开另一家分店了。

要你命的老朋友

说完酒后谈烟。我们一家人，除了姐姐之外，都抽烟。哥哥吸了一阵子之后戒掉，他也是全家最早走的；父母都吸到七老八老，我和弟弟两人也一直抽到现在。支气管毛病是一定有的，大家都说早点改掉这个坏习惯，但说归说，至今还在吞云吐雾。

我吸的第一口烟是偷妈妈的，她抽得很凶，是美国大兵喜欢的土耳其系烟叶"好彩"（LUCKY STRIKE）。我从中学起学习抽烟，从最浓的开始吸，这个教育算是不错的。

爸爸抽得较为文雅，是英国弗吉尼亚型的"555"和"盖瑞特"（Garrett）等。打仗时物资贫乏，也抽"黑猫"和"海盗"。

早年抽烟根本不是什么坏事，还来得个流行。好莱坞影片中的男女主角你一根我一根，有时男的还一点两根，一根送给女朋友，一根自己吸。

我抽烟虽说是父母教的，但影响我最深的还是詹姆斯·迪恩（James Dean）。他在《无因的反叛》中的形象实在令人向往，没有一个人抽得像他那么有型有款，不学他抽根本不入流。

接着去日本留学了，半工半读，当自己是个苦行僧。抽的当然不是什么昂贵的外国舶来品，什么最便宜就买什么。

价廉的是种黄色纸包装的"IKOI"，一包四十日元，连玻璃纸也省了。因为我一直吸土耳其系的烟叶，这牌子的也掺了一点，抽起来味道较为接近，反而那些贵一点的像"和平"（Peace）和"希望"（HOPE），用了英国弗吉尼亚烟叶，就抽不惯了。

同样便宜的是"金蝙蝠"（GOLDEN BAT），绿色纸包装，味道相当难于接受。但这种烟当年抽起来，已经算是怀旧复古了，所以相当流行。

日本人的脑筋是食古不化的，我向卖烟的店先生买两包，一包是四十日元，他用一个小算盘算，嘀嗒两声，说八十日元。隔两天去买，又是嘀嗒两声，八十。

正式出来工作时，薪水高了，可以买贵一点的"喜力"（hi-lite），蓝底白字的包装，一包八十日元，当然也有玻璃纸了。但是这种烟的味道始终太淡，后来收入更佳时，便去抽一种椭圆形的压得扁扁的德国烟，叫为"金色盒子"。它用了百分之百的土耳其烟叶，自己抽是香的，别人闻到却臭得要命。

接着找更臭的。我当年的女朋友崇尚法国，抽一种叫"吉卜赛人"（GITANES）的烟，盒子上用蓝白的图案画着一个拿着扇子在跳吉卜赛舞的女郎，味道实在臭。

同样臭的是法国产的"高卢"（GAULOISES），也是蓝色包装，盒子上画有一个带双翼的头盔。别小看这种烟，在法国抽它还是爱国行为呢，绘画界的爱好者有毕加索，文艺界的有萨特（Jean-Paul Sartre），音乐界的有莫里斯·拉威尔（Maurice Ravel）。连"披头士"的约翰·列侬也是它的烟迷。抽起它来，在一群法国朋友之间得到尊重，但最后还是受不了，也不理女朋友，抽别的烟去了。

日本的房子，冬天会放一个大瓷坛，中间烧炭取暖。这时看到老人家拿了一管烟斗，烟斗头上有个小漏斗式的铜头，中间是竹管，吸嘴也是铜打成的，叫Kiseru。我也学着他们抽了起来，但改装了英国烟叶，日本的太劣了，一吸就咳嗽。这种抽法有个缺点，就是烟斗太小，抽一口就要清一次，非常麻烦。

有时也跟着日本人怀旧起来，抽一种叫"朝日"的烟，非常便宜，因为吸嘴占了整支烟的三分之一。吸嘴是空心纸筒，用手指压扁了当成滤嘴，抽不到两下就灭了，也只是当玩的，不会上瘾。

离开日本后，来到中国香港，开始抽美国烟"长红"（PALL MALL），因为它有加长版，自己又买了一个烟嘴加上去，显得特别长，配了我高瘦的身材，抽起来好看。但好看不等于好抽，也不是到处都买得到，后来就转抽了最普通的"万宝路"（Marlboro）。

从特醇的金牌抽起，最终还是回到特浓的红牌子，万宝路的广告和音乐实在深入民心。但说到好不好抽，越大众化的东西，味道一定越普通了。

其实香烟并不香，而且有点臭，臭味来自烟纸。美国香烟的烟纸是特制的，据说也浸过令人上瘾的液体，这有没有根据，不是我们烟民想深入研究的。

有一点是事实，为了节省成本，有很多香烟根本不全是烟叶，三分之一以上是用纸屑染了烟油来代替。不相信，取出一支拆开来，把烟叶浸在清水中，便会发现是白纸染的。

终究烟抽多了，一定影响气管，所以烟民都咳嗽，咳多了就想戒烟，而戒烟的最佳方法是改抽雪茄。我已完全戒掉香烟，现在一闻燃烧烟纸的味道就要避开，实在难闻。

当今抽的是雪茄。大雪茄抽一根要一个小时，没那么多空闲，现在改抽小雪茄，大卫杜夫（Davidoff）牌，全部是烟叶。因为美国禁运古巴产品，大卫杜夫很聪明地跑去洪都拉斯种烟叶，在瑞士或荷兰制造这种雪茄。五十支装的雪茄放在一个精美的木盒子之中，看起来和抽起来都优雅得很。

我还是不会禁烟的，烟抽了一辈子，是老朋友了，还是一个要你命的老朋友，可爱得很。

钱汤

日子容易过了，大家都到日本观光，住酒店，不会到公共澡堂子冲凉。我去日本时是个穷学生，租的房子有个洗手间，已算是高级，一般的连厕所都没有，要洗澡，只有去"钱汤"。

钱汤早年到处都有，当今已罕见了，但想感受在日本生活的情怀，总得找个机会到钱汤去浸一浸。

别误会，这绝对不是什么温泉。钱汤的建筑从远处就可见到，因为它有个高烟囱，热水都是烧出来的，不含什么矿物质。不过当年的日本人，用的都是地下水，可以直接饮用，非常干净。

我住过的地方叫大久保，要洗澡时，可去车站附近的钱汤，或走路到东中野，也有一家。夏天当是散步，穿着浴衣上街，被凉风一吹的感觉不错。到了天冷时，就得披上厚衣服，瑟瑟缩缩地快步冲进浴室了。

通常拿着一个篮子或一个自家用的塑料水桶，里面装有肥皂、大小毛巾、剃刀之类的。那时是洗头水还是奢侈品的年代，都只用肥皂。

钱汤入口处的屋顶有一定的形状，那是一种叫"唐破风"的建筑样式，屋顶中央凸起，两侧向下弯，呈弓形。这种建筑样式在唐朝很盛行，到了宋代就没落了。日本还一直保留着，在很多建筑物中能够见到。

把木屐除下走进去，先付个二十日元。旁边有一排一格格的小柜子，锁匙是用木块做的，一按门就开了，把衣服和贵重东西放在里面，脱光拿着塑料桶走进浴池。

入口当然分男女，男的叫男汤，女的叫女汤。日本所有热水都叫汤，其实这是中国古字。中间用一大块木板隔住，木板高处有一个叫"番台"的座位，那是给管理员坐的。管理员有男的，也有女的，日本人习以为常，也不觉得给异性看到有什么不妥。一般坐在番台上的是钱汤的老板或老板娘。

入浴之前先得把身体洗净，钱汤里有一排排的水喉（粤语，意为水龙头），前面有块镜子。用不惯花洒的老日本人，先拧龙头，调好冷热后把水往身上倒。

在这之前先把带去的肥皂往毛巾上涂，然后用毛巾来擦身体。大人小孩一块儿去钱汤，大人擦不到背部，就叫孩子代劳。这种风俗很温馨，可以减少两代人之间的隔膜。这是日本文化的好处。

肥皂擦完就拼命用水往身上冲去，那不是惜水的年代，没什么环不环保的。冲个干干净净之后，才能走进池子浸，是名副其实的"泡汤"，当今台湾人还是这么叫的。

池子墙上，多数是用小石砌成的图案，一般都是富士山风景。没钱砌小石子的，就请人在石墙上作画，也是富士山。池子分冷水的和热水的，年轻人胆大，去泡冰水，上年纪的就不敢了，直接泡热汤。

因担心热气直通上头，日本人入浴时喜欢把小毛巾浸在冷水中，拧个半干，放在头上，在池中浸个老半天也不出来。外国人不习惯，一下子就热到昏头昏脑。

如嫌累赘，不想带那么多东西入浴的话，可向"番台"买一套用品，里面有小毛巾、肥皂和一小袋洗头水。坐在番台上的老板或老板娘的另外一个任务，是和浸浴的客人打交道，说说家常，因为都是熟客。

旧时的钱汤只隔一板，男女双方说话可彼此听到，对方在聊隐私时，就会开口大骂。有时忘记带肥皂，便叫丈夫或太太丢过来。扔不准，便打到别人头上。

出了一身汗，从池子里爬出来后，第一个想到的就是喝一杯冰冷的啤酒，这也解释了为什么啤酒在日本特别流行。夏天太热了，大叫口渴死了，冬天又叫干死了，任何时候，都要来一口啤酒。

入喉时，便会听到"沙"的一声，很奇特的感觉，这种乐趣是泡汤后最高的享受。

不可以喝酒的小孩子，浸完也特别口干，这时他们会投入钱币买一瓶冰冻的牛奶。我觉得纸包装的不好喝，一定要玻璃瓶的"明治"或"森永"，各个地区也有当地的，有"大山""北川"等等。

牛奶分纯牛乳、咖啡牛奶和果汁牛乳，以六十五摄氏度、三十分钟的低温杀菌，故能保持牛乳的香味，特别好喝。可以喝个不停，一瓶又一瓶，喝到拉肚子为止。

无论怎么浸，身体还是有些地方洗不到，这时不去钱汤，而到"人间船埠"（Ningen Dock）去。那里面有一群大肥婆，用毛巾或刷子拼命地搓掉你身上的老泥，老泥一条条落到地上，她们还要指给你看才过瘾。这些人间船埠从前在筑地或东京车站都有，当今已经不见踪迹了。

如果你对钱汤有兴趣的话，现存的东京台东区有"燕汤"，大田有"明神汤"，都北区有"稻荷汤"，在你入宿的酒店礼宾部问一问，就知道地址，不妨一试。

最有营养食物一百种

BBC除了报道新闻，亦制作很多高质量的纪录片，所报道的资料极为严谨，绝对不会乱来。最近，他们做了一个调查，从一千种食材中选出一百对人体最有营养的。从尾算起，排行如下。

第一百种：番薯。第九十九种：无花果。第九十八种：姜。第九十七种：南瓜。第九十六种：牛蒡。第九十五种：抱子甘蓝。第九十四种：西兰花。第九十三种：花椰菜。第九十二种：马蹄。第九十一种：哈密瓜。第九十种：梅干。

第八十九种：八爪鱼。第八十八种：红萝卜。第八十七种：冬天瓜类。第八十六种：墨西哥辣椒。第八十五种：大黄。第八十四种：石榴。第八十三种：红醋栗，又叫红加仑。第八十二种：橙。第八十一种：鲤鱼。第八十种：硬壳南瓜。

第七十九种：金橘。第七十八种：鲳鲹鱼。第七十七种：粉红三文鱼。第七十六种：酸樱桃。第七十五种：虹鳟鱼。第七十四种：河鲈鱼。第七十三种：玉豆。第七十二种：红叶生菜。第七十一种：韭葱。第七十种：牛角椒。

第六十九种：绿奇异果。第六十八种：黄金奇异果。第六十七种：西柚。第六十六种：鲭鱼。第六十五种：红鲑。第六十四种：芝麻菜。第六十三种：北葱。第六十二种：匈牙利辣椒粉。第六十一种：红西红柿。第六十种：绿西红柿。

第五十九种：西生菜。第五十八种：芋叶。第五十七种：利马豆。第五十六种：鳗鱼。第五十五种：蓝鳍金枪鱼。第五十四种：银鲑鱼，生长于太平洋或湖泊中。第五十三种：翠玉瓜等夏天瓜类。第五十二种：海军豆，又名白腰豆。第五十一种：大蕉（是非洲蔬菜，长得像香蕉，但味道一点都不像，似木薯，非洲人当马铃薯吃）。第五十种：豆荚豆。

第四十九种：眉豆。第四十八种：牛油生菜。第四十七种：红樱桃。第四十六种：核桃。第四十五种：菠菜。第四十四种：番茜。第四十三种：鲱鱼。第四十二种：海鲈鱼。第四十一种：大白菜。第四十种：水芹菜。

第三十九种：杏。第三十八种：鱼卵。第三十七种：白鱼，即白鲑。第三十六种：芫荽。第三十五种：罗马生菜。第三十四种：芥末叶。第三十三种：大西洋鳕鱼。第三十二种：牙鳕鱼。第三十一种：羽衣甘蓝。第三十种：油菜花。

第二十九种：美洲辣椒。第二十八种：蚶蛤类。第二十七种：羽衣，与羽衣甘蓝相近，又是不同的种类。第二十六种：罗勒，又名金不换、九层塔。第二十五种：一般辣椒粉。第二十四种：冷冻菠菜（冷冻菠菜的营养不会流失，故排名高于新鲜菠菜）。第二十三种：蒲公英叶（dandelion greens）。第二十二种：粉红色西柚。第二十一种：扇贝。第二十种：太平洋鳕鱼。

第十九种：红椰菜。第十八种：香葱。第十七种：阿拉斯加狭鳕。第十六种：狗鱼。第十五种：青豆。第十四种：橘子。第十三种：西洋菜。第十二种：芹菜碎，将芹菜晒干或抽干水分，营养较新鲜的高。第十一种：番茜干，同道理。第十种：鳢鱼。

第九种：甜菜叶。第七种：瑞士甜菜。第六种：南瓜子。第五种：奇亚籽。第四种：鳊鱼、比目鱼、左口鱼等各类的鱼。第三种：尖吻鲈。第二种：番荔枝。第一种：杏仁。

这都是有根有据的科学分析和调查，绝对可靠，但是我们做梦也没有想到杏仁那么厉害，怎么可以跑到第一位来？今后要多吃杏仁饼了。

第二位的番荔枝也出人意料。这种台湾地区叫为释迦的水果从前只在泰国吃到过，当今各地都种植，澳大利亚产的又肥又大，皮平坦的不好吃，一粒粒分明的才行。

大家都认为含有Omega-3脂肪酸（一组多元不饱和脂肪酸，常见于深海鱼类和某些植物中，对人体健康十分有益）的红鲑鱼只排在第六十五位，而西洋人也不赞成生吃，他们都要吃烟熏过的，或者煮得全熟的。西兰花或花椰菜也不是那么有营养，排在第九十三位至第九十四位。

"大力水手"吃的菠菜，新鲜的只排在第四十五位，反而是冷冻过后再翻热的排在第二十四位，营养极高，但不如排在第十八位的葱。

至于我们东方人的主食大米，根本不入流。米饭的营养价值极低，我们可以放心吃个三大碗。但米饭当今大家都少食，不如选择最好的中国大陆五常米、中国台湾蓬莱米、日本米，贵一点也无所谓了。

对了，在排行榜上，你会发现没有第八位，那就是我最喜欢的猪油了。这种一直被误解的食材，原来是那么有营养的，比什么橄榄油、椰子油或其他各类植物油都有益，更不必说牛油或鱼油了。

当然，我们不赞成一有营养就拼命吃，各类食材都吃一点点，营养才均衡。而有什么比吃没营养的白饭，淋一点猪油来捞的更好呢？

好莱坞电影

一说到好莱坞电影，即刻有拍戏不择手段，只要赚钱就是的印象。的确如此，好莱坞控制在一群犹太人手中，叫他们做亏本生意，不如把他们杀了。

但是，好莱坞也爱才，有天赋的工作人员都被他们吸收，不分国籍，也不分人种，包括中国台山的摄影师黄宗霑（James Wong Howe）。

什么题材能够卖钱，就拍什么戏，爱情片看腻了，就拍动作电影。什么，当今人只爱看漫画？当然用漫画题材来拍，包括所谓

"超级英雄"，赚个满盘满钵。卡通式的表现方法看厌了，制片家们又即刻转型，因为他们知道观众在进步，他们也非得跟随观众进步不可。

最明显的是《蝙蝠侠》，由有思想的导演克里斯托弗·诺兰（Christopher Nolan）来拍，把阴阴暗暗的人性注入，即刻又创出一条新路来。制片家们有先见之明，也有胆识做试验性的投资，因此好莱坞才能生存。

再举个例子，最近有两部电影，一部是《终结者：黑暗命运》，一部是《小丑》。前者做出保险的计算，之前已经有五部系列作品创造了成功的票房纪录，又有最初的大导演詹姆斯·卡梅隆（James Cameron）肯出来支持，知道在特技方面一定没有问题。加上原有的演员阿诺德·施瓦辛格（Arnold Schwarzenegger）和琳达·汉密尔顿（Linda Hamilton）上阵，以为一定有把握。但得来的是一场灾难性的票房惨败：用一亿八千九百万美元来拍，只获得一亿三千五百万美元的收入，扣除发行费，一共要亏本一亿三千万美元。

原因是什么？制作班底和演员一样，都垂垂老矣。观众对打打杀杀已经看得生厌，在那么多特技镜头的疲劳轰炸之下，就算有3D效果，加上立体音响，也看得打瞌睡了。

反观另外一部《小丑》，只用五千五百万美元来拍，票房收入超过九亿美元，打破限制级电影的史上票房纪录。

这又是为什么？答案是新的尝试、新的角度、新的演绎方式，加上演员高超的演技。《小丑》是二〇一九年度最好看的电影。

　　在走进戏院之前，我听到许多观众的反馈，说这是一部非常阴暗的电影，看了令人不快至极，得做心理准备才好走进戏院。但看了就知道它根本不阴暗，像是针对当今社会的写实片，也许是我们这些观众的心理已经和电影一样阴阴森森了。

　　故事发生在葛咸城（粤语音译，又译为哥谭市），那里的所有人都近于疯狂。小丑这个人物虽是《蝙蝠侠》中的一个喜剧性配角，但他是一个活生生的现代悲剧主角。剧本很仔细地写出他怎么一步步变成疯子的细节：贫富悬殊的环境，母亲变态式的欺凌，大众电视节目主持人的利用和嘲笑……小丑本来是准备自杀的，结果被逼得一枪打死主持人。

　　编剧水平高在说故事时，也把现实和幻想交叉叙述。比如小丑向邻居女子示爱，如真如幻的手法令观众也和主角一样陷入疯狂的状态。

　　小丑的行径已渐得到疯狂群众的认可，当他是英雄般追随了。这部电影是第二部《V煞》（又名《V字仇杀队》），代表了人民的不满和反抗。在现实生活中，很多国家的人民遭受到的权力镇压比小丑感到的严重得多。

　　而小丑本身是善良的，他不会无缘无故地杀人，他放过了那个比他弱小的侏儒。他只是你我中的一个，错不在他，这才是这部电影的主题，也是这部电影可以得到那么多观众的认同，让他们买票走进戏院的原因。

最初，好莱坞为何有那么大的勇气来拍这么一部在普通观众看来"小众"的电影呢？

俗气点分析，这是非常便宜的投资！当所有由漫画改编的电影，像《自杀小队》，得用上一亿七千五百万美元来拍时，《小丑》只花五千五百万，亏本也亏不到哪里去。何况主角华金·菲尼克斯（Joaquin Phoenix）有一批死忠的观众，他在《角斗士》中演疯狂的皇帝，已让人留下深刻的印象，后来出演的《她》和《与歌同行》更奠定了他的演技派地位。为了出演《小丑》，他减掉了将近二十五公斤体重来为这个角色做准备。

好莱坞的另一个缺点，是用包装来保护投资，一切要往大里做。拍这部戏时，导演也一直受魔鬼的引诱，本来要让马丁·斯科塞斯（Martin Scorsese）来当监制，这样一来可以拉到他的好拍档莱昂纳多·迪卡普里奥（Leonardo DiCaprio）做主角。

好在有导演托德·菲利普斯（Todd Phillips）的坚持，认为主角非华金不可。他的诚意又感动罗伯特·德尼罗（Robert De Niro）来当配角，这才让这部片子开拍。

好莱坞是群魔所聚之处，也是人才的发源地，美国人将好莱坞电影当成一种重要的工业来做，这是没有一个国家能够代替的。当今许多好莱坞电影都有中国人投资的影子，但只限于《终结者：黑

暗命运》这样的结局，大家都知道没有一道成功的方程式，但还是
把头埋下去，没有救药。

满足餐

休息期间瘦了差不多十公斤，不必花钱减肥了。当今拍起照片
来，样子虽然老，但不难看。

为什么会瘦？并非因为病，是胃口没以前那么好了，很多东西
都试过，少了兴趣。

年轻时总觉得不吃遍天下美食不甘心，现在已明白，世界那么
大，怎么可能吃遍？而且那些几星的餐厅，吃一顿饭几个钟头，一
想起来就觉得烦，哪里有心情一一试之！

当今最好的当然是comfort food，这个聪明透顶的英文名词，
至今还没有一个适当的中文名。有人尝试以"慰藉食物""舒适食
品""舒畅食物"等等称之，都词不达意。我自己说它是"满足
餐"，不过是抛砖引玉，如果各位有更好的说法，请提供。

近期吃的满足餐包括倪匡兄最向往的肥燶叉烧饭，他老兄最初
来到香港，一看那盒饭上的肥肉，便大喊："朕满足也。"

很奇怪，简简单单的一种BBQ（烧烤），天下就没有哪个地方
做得比香港好。叉烧的做法源自广州，但你去找找看，广州有几间

餐馆做得出?

勉强像样的是在顺德吃到的,那里的大厨到底是基础打得好,异想天开地用一支铁筒在梅头肉中间穿一个洞,将咸鸭蛋的蛋黄灌进去再烧出来。切成块状时,样子非常特别,又相当美味,值得一提。

叉烧,基本上要带肥,在烧烤的过程中,肥的部分会发焦,在蜜糖和红色染料之中带有黑色的斑纹,那才够资格叫为叉烧。一般的又不肥,又不燶。

广东华侨去了南洋之后学习重现,结果只是把那条梅头肉上了红色,一点也不焦,完全不是那回事,切片后又红又白,铺在云吞面上,丑得很。但久未尝南洋云吞面,又会怀念,是种"美食不美"。"美食不美"也成为韩裔名厨张锡镐主演的纪录片的名字。

在这纪录片中,有一集是专门介绍BBQ的,拍了北京烤鸭,但还没有接触到广东叉烧,等有一天来香港尝了真正的肥燶叉烧,才会惊叹不已。

这些日子,我常叫肥燶叉烧的外卖,有时加一大块烧全猪,时间要掌握好,在烧猪的那层皮还没变软的时候吃才行。

从前的烧全猪,是在地底挖一个大洞,四周墙壁铺上砖块,把柴火抛入洞中,让热力辐射于猪皮上,才能保持十几个小时的爽脆。当今用的都是铁罐形的太空炉,两三个小时后皮就软掉了,完全失去烧肉的精神。

除了叉烧和烧肉，那盒饭还要淋上烧腊店里特有的酱汁才好吃。该酱汁与潮州卤水又不同，非常特别，太甜太咸都是禁忌，一超过后即刻作废。

中国人讲究以形补形，我动完手术后，迷信这个传说的人都劝我多吃猪肝和猪腰。当今猪肉涨得特别贵，但内脏却无人问津，叫它胆固醇，我向相熟的肉贩买了一堆也不要几个钱。我请他们为我把腰子内部片得干干净净，猪肝又选最新鲜，颜色浅红的，拿回家后用牛奶浸猪肝，再白灼，实在美味。

至于猪腰，记起小时家母常做的方法，沸一锅盐水，放大量姜丝，把猪腰整个放进去煮。这么一来煮过火也不要紧，等猪腰冷却捞出来切片吃，绝对没有异味，也可当小吃。

当今菜市场中也有切好的菜脯，有的切丝，有的切粒，浸一浸水避免过咸，之后就可以拿来和鸡蛋一起煎菜脯蛋了。简简单单的一道菜，很能打开胃口。

天气开始转冷，是吃菜心的好时节。市场中有多种菜心出现，有一种叫迟菜心的，又软又甜，大大一棵，样子不十分好看，但是菜心中的绝品。

另一种红菜心的梗呈紫色，加了蒜蓉去炒，菜汁也带红，吃了以为加了糖那么甜。但这种菜心一炒过头就软绵绵的，色味尽失，杂炒两下子出锅可也。

大棵的芥蓝也跟着出现。我的做法是用大量的蒜头把排骨炒一炒，入锅后加水，再放一汤匙的普宁豆酱，其他调味品一概无用，最后放芥蓝进去煮一煮就可上菜，不必煮太久。总之菜要做得拿手全靠经验，也不知道说了多少次，不是高科技，失败两三回一定成功。

接着就是面条了，虽然很多人说吃太多不好，但这阵子我才不管，尽量吃。我有个朋友姓管名家，他做的干面条一流，煮过火也不烂。普通干面煮三四分钟就非常好吃，当然，下猪油更香。最近他又研发了龙须面，细得不能再细，水一沸，下一把，从一数到十就可以起锅，吃了会上瘾。

白饭也不能少，当今是吃新米的季节，什么米都好，一老了就失去香味。米一定要吃新的，越新越好，价贵的日本米一过期，不如去吃便宜的泰国米。

当然，又是淋上猪油，再下点上等酱油，什么菜都不必有，已是满足餐了。

别怕，医学上已证明猪油比什么植物油都更有益，尽管吃好了，很满足的。

有声书的世界

我从多年前开始，就再三呼吁，请爱书籍的朋友接触一下有声书吧!

眼眸一疲倦，没有什么好过听书，声音又像母亲向子女朗读，有机会试试，是莫大的幸福。

有声书最初是向爱好文学的视障者提供，对一般人来说，在空闲的时候，尤其是在堵车途中，听小说或诗歌怎么说也好过听流行曲。

当美国已经把有声书发展成出版行业的重要商业市场时，我们还以为这是赚不了钱的，就算投资，也会很容易被盗版，得不偿失。

渐渐地，内地已经醒觉，开拓了听书市场。带头的是"喜马拉雅"，他们进一步利用FM（调频）电台，流量已经占到市场的百分之五十以上，最畅销的著作能有八千万到一亿五千万人收听。其平台用户数逐渐增长，目前用户量已突破二亿六千万人。

其他平台不断加入战场，喜欢看书的网友"蠹鱼漫游"最近给我介绍了一个叫"微信读书"的App，更有数不清的佳作供我细听。我在静养的这段时间更加重视有声书，当今已经养成习惯，睡前不听书不能入眠。新作品不断出现，我也不停地搜索喜欢的。

最好、最成熟的听书网站是Audible.com（亚马逊有声书），本来只限于英文书，当今看准了内地巨大的市场，已有一个中文线上平台Audible in Chinese。初翻一下，已有《战争与和平》《老人与海》《呼啸山庄》《少年维特的烦恼》等等外国名著的中译版，当然也少不了中国文学如《骆驼祥子》《三国演义》等等。

也许这些书你年轻时已经读过，当今重温，又有不同感受。好书是可以一听再听的，像金庸作品，可以在"金庸听书"App中找到所有著作，除了普通话，也有粤语和其他方言版本，听起来特别亲切。如果你想接触听书世界，我大力推荐。

当然，听原文是一大享受，Audible.com除了有中英文读物之外，还有欧洲各国语言的读物，另有日文、印度文的等等，是全面的。

现在的中文听书平台还处于婴儿阶段，没有美国的那么厉害，也请不到高手来录音，像微信读书，有些作品只用了文字转声音的软件，以机械声读出。不过对于不值得用眼睛去看的书，像东野圭吾的作品，我也能忍受下来，听完他所有著作。

中文平台上，一些冷门的翻译作品也有人欣赏，像《洛丽塔》《刀锋》《人间失格》等等，但多数听者还是会选《盗墓笔记》和《鬼吹灯》等。

边看文字边听书也是一种体验，很多机械声的书都有原文刊载，喜欢看读的人听起来是双重享受。

至于听英文书，我一向不喜欢听美国腔的，尤其是加州口音的美国大兵的英语，我对这种英语有强烈的反感，他们每一句话的尾音都如问句般提高音调。

英语讲得最好的当然是英国人，美国人只有极少数，这么多年来也只有格雷戈里·派克（Gregory Peck）讲得好，近年当然有演《小丑》的华金·菲尼克斯。

我认为电影中有一点知识的角色，都要叫英国演员来出演才有说服力。像安东尼·霍普金斯（Anthony Hopkins）、加里·奥尔德曼（Gary Oldman）、迈克尔·凯恩（Michael Caine）、伊恩·麦凯伦（Ian McKellen）、肖恩·康纳里（Sean Connery）等，他们的声线都经过严格的舞台训练，字正腔圆，字字听得清清楚楚。尤其是约翰·吉尔古德（John Gielgud），听他念莎士比亚的十四行诗，简直是天籁之音。

最近我在Audible.com找到两部小说，由知名演员读出，一部是由贝内迪克特·坎伯巴奇（Benedict Cumberbatch）读的*Sherlock Holmes: Rediscovered Railway Mysteries and Other Stories*（《福尔摩斯：再现铁路之谜和其他故事》）。小时候看过福尔摩斯小说，当今重温，觉得实在易读，引人入胜，又可以在有声书中把所有的福尔摩斯小说找出，重听一遍。

另一部叫*The End Of The Affair*，中文名译为《恋情的终结》或《爱情的尽头》，词不达意。"affair"这个词一定包含了婚外情之意，译成《情事已逝》还有点意思。作者格雷厄姆·格林（Graham Greene）把婚外情写得非常详尽，虽有性意，但一点感觉也没有，简直应了"No sex please, we are British"（不要色情，我们是英国人）这句话。小说的精彩在于主人公的内疚和惭愧，感动了所有发生过婚外情的男性读者。这本有声书由名演员科林·弗思（Colin Firth）读出，听他娓娓道来是极大的享受，不容错过。

耐看

走过那么多地方，还是觉得香港女人好看、耐看。

通病当然是有的。南方女子个子矮，鼻扁平，身材绝不丰满，又因为夏季太长，日照时间多，皮肤一般都没有北方女子那么洁白。

但香港女人胜在会打扮，衣着的品位也甚高，就算穿的不是名牌，颜色也配搭得极佳。不相信你去中环走一圈，即刻将她们和其他地方的女人分出高低。

外表还在其次，最重要的是自信。香港女人出来工作的比例较其他地方高出许多，女人赚到了钱，不靠男人养，自信心就涌了出来。

有了自信，香港女人相对很少去整容，大街上也看不到铺天盖地的整容广告，没有韩国那么厉害。

韩国女子的条件比香港女子好得多，她们腰短腿长，皮肤细嫩，身材丰满，但她们拼命去整容，是缺乏自信心的问题。

香港女人绝对不会高喊男女平等的口号，因为香港社会本身就不会重男轻女，你看所有高级职位都有女人担当就知道。

但是有自信了就看男人不起，这也是毛病，诸多挑剔之下就嫁不出去。不过单身就单身，当今是什么时代了，还说女人非嫁不可？

嫁不出去也可说是缘分未到，迟婚一点又如何？我有许多朋友的老婆都比他们大，但只要合得来就是，这是他们两个人的事，谁会嫌法国总统的太太老了？

为结婚而结婚才是悲剧，已经二十一世纪了，还纠缠这个不合理的制度干什么？单身又快乐的女人才是真正有自信的女人。女人赚到了钱，就可以学从前的男人娶小老婆，"小鲜肉"需要她们去教养。

柔情是女人最大的武装，许多娶丑老婆的朋友，都是在最脆弱的时候，真正需要一个伴侣，这时就不会去管别人说些什么。

外表再好看，也比不上气质高，气质从哪里来？从读书来。古人说一日不读书，则语言无味；三日不读书，面目可憎。这是有道理的。

多读书，任何话题就都搭得上嘴。书本不但让人知识丰富，还让人懂得什么叫谦卑。有了谦卑，人自然好看起来。

所谓读书，不一定是读四书五经。读书只代表了一种专注，一心一意地把一件事情做好，经过长时间的刻苦训练，也同样认识到谦卑。卖豆腐也好，做菜也好，把厨艺弄得千变万化，也可以让人觉得可爱。

女人不断地学习，不断地找事情做，就不会显得老。有皱纹并不是一种要遮掩的丑事，只要老得优雅，只要老得干干净净，就好看、耐看。

看世界前线的女人好了，欧洲央行行长克里斯蒂娜·拉加德（Christine Lagarde）满脸皱纹，一头全白的银发，身材虽然枯枯瘦瘦，还不是照样很耐看！

矮矮胖胖的德国前总理安格拉·多罗特娅·默克尔（Angela Dorothea Merkel）做了多年，也没被人赶下来，人怎么老都有个亲切的样子，没有人会耻笑！

在东方，韩国前外交部长康京和也没整过容，一头灰白短发配上枯瘦的身材，不卑不亢地和各国政要打交道，也绝对无须光顾整容医院。

这些站在国际舞台上的女人有个共同点，都心术很正。人一走邪路，样子即刻显得狰狞。

所以"相由心生"这句话是有道理的，女人的美丑完全掌握在她们自己手里，外表再好看，衣着再有品位，也改变不了内心的丑恶。

有虚荣心是可以原谅的，香港女人要表现她们在人生上的成功，就算买一两个名牌包包也没什么，这和男人一赚到钱就要买一只劳力士表戴，再下来买一辆奔驰车一样。

只要能增加她们的自信，一切无可厚非。就连整容也是，工作上有需要，像表演行业，要整就去整吧，但绝对不能贪心，今天整这样，明天整那样。整容是会上瘾的，你看那些什么明星，越整面孔越硬，嘴巴也越来越裂，再下去就变成一个小丑了。

好在一般香港女人都有自信心，她们一有时间便会去旅行，学习怎么做菜，学习怎么把这一生过得更加快乐。

希望她们不要变成美国女人，男士们优雅地替她们一开车门，就会被喝："我不会自己打开吗?!"

希望香港女人一天比一天更美，希望她们保留着那颗善良的心，一直耐看下去。

想去日本

在办旅行团的那个阶段，我差不多每个月都走一趟日本，当今好久不去，记得上一次是农历新年，专程去看颜真卿书法展，也觉得是很久以前的事了。

生活习惯上用很多日本东西，像牙膏、洗头水和零碎的药物，都已经用完，托人家带总不好意思，得亲自去买，实在是有点想念日本了。

这回去的话，最好是到京都，别走马观花了，得住上十天八天，探望几个老友。其中一位叫川端，卖被单的，他的店我去过几回，他就对我无微不至，虽住京都，却是个大阪商人。大阪商人是种国宝级的人物，已经快要绝种，他们对客户的服务是一生一世的，即使不是自己卖的东西，也会推荐。没有试过，不知他们的好处。

京都的寺庙多得去不完，几乎都去过，已无兴趣。现在去是买些古董，还有价廉的碗碗碟碟，家中的让家政助理打破又打破，所剩无几。

当然得去我最喜欢的"大市"，这家卖甲鱼的老铺从三百多年前的元禄年间开始经营到现在，由第十八代传人青山佳生接手。食物说一成不变也不是，把土锅做得更耐热，加上用备长炭（一种含碳量高的日本白炭），可以达到一千六百摄氏度的温度，五分钟就能将甲鱼煮熟。甲鱼自己饲养，用特别的养料，煮出又浓厚又清澄的汤来。总之，价钱多年不变，要卖到二万四千日元一客。

更老的有"平八茶屋"，有四百多年历史了，卖朴实的怀石料理。店里的花园和建筑古色古香，价钱也平民化，午餐才三千五百日元，晚饭一万日元。作家夏目漱石在他的书中写了又写，确实值得走一趟。店铺至今在做，客人来来往往。

住的应是我以前经常下榻的"俵屋"，就在市中心，略懂日本文化的人都会欣赏。目前许多友人都在京都买了间小屋住，如果他们肯让我过一两夜，倒是可以考虑，因为旅馆不能自炊，在"锦市场"看到食材众多，想在当地买了露一两手厨艺。

在京都经过一些渍物店，我都会探头看看。从前我做学生时有一个叫百合的女友，家里开的是泡菜店，当然至今已是老太婆一个，但好的女人不会老。

现在这个季节，新米登场了，抱几公斤新潟南鱼沼米回香港，或者山形县的"艳姬"也不错，托人带实在太重，过意不去。

最好吃的还有柿干，各式各样的都有，喜欢的是软熟无比的，那些一串串挂着来卖的也不错，一个个剥来吃。

早上下粥的明太子也是我所好，一般的咸得要死，到百货公司买最上等的也要不了几个钱，不能对不起自己去吃劣货。

来回经东京，当然又得到我喜欢的手杖店——位于银座的TAKAGEN，看看有没有新的可以收藏。当今家里已有很多手杖，见到有品位的，还是非买不可。

近年来都是和大伙一起去吃东西，所谓最高境界的日本料理还是天妇罗，常去的店有"一宝"，但私人旅行的话，我怀念以前经常去的"佐加和"（Sagawa），就在筑地一角，小小的餐厅只能坐八个人。朋友说看近来网上的食评，没什么星级，但我不是为星级去，看重的是食物的水平和与店主结交的感情。

最早的三星厨子神田，我从前带他来香港的银座表演，交情不错，就算没有订座，打个电话去，总可挤出一两个位子，但他不想和别人去争，还是老老实实去吃一顿关东煮（oden）好了。

这种最平民化的食物当今做得好的也没几家，银座小巷里的"御多幸"保存着最原始古老的味道，有生之年可多去。同样在银座的有最好的烧鸟店"鸟繁"，如果遇上十一月十五日至二月十五日的狩猎解禁期，还有野鸭、麻雀、山鸠和野鸡可以烤来吃。别担心会被吃得绝种，日本人很会维护生态，有剩余时才让人欣赏。当然，这家的咖喱饭也是一绝。

　　我不跑马，可以吃马肉。从一八九七年开到现在的"Mino家"有马肉刺身，也有马肉锄烧，日本叫为"樱花锅"，因为带脂肪的肉像樱花一样红得可爱，去东京最老的江东区才能找到。

　　再过去一点有"驹形土鳅"，也是百年老店。当今已有许多人爱吃鳗鱼，也可以顺便吃鳗鱼的"远房亲戚"土鳅，价贱无人养，都是野生的，肥肥胖胖，非常有另一番滋味。和鸡蛋一起煮成的土鳅锅，真想回味一下。

　　还想去找只手表，星辰（西铁城）有许多产品在香港并不一定买得到。只有三毫米厚的光动能手表，是世界上最薄的，一定准时，也不必换电池，但不便宜，要卖到四十三万二千日元一只。

　　天气已渐冷，最好的取暖器是日本的石油炉，一点就热，不必等待。上面还可以放一壶水，慢慢地沸了来冲茶。可惜航空公司的职员看到了，就不准当行李寄舱。其实又没什么可燃物，怕些什么？旧的已用久了，得找找方法买一个新的。

"任性"这两个字

从小就任性，就是不听话。家中挂着一幅刘海粟的《六牛图》，两只大牛带着四只小的。爸爸向我说："那两只老牛是我和你们的妈妈，带着的四只小的之中，那只看不到头，只见屁股的，就是你了。"

现在想起，家父语气中带着担忧，心中约略想着，这孩子那么不合群，以后的命运不知何去何从。

感谢老天爷，我一生得到周围的人照顾，活至今，垂垂老矣，也无风无浪。这应该是拜赐于双亲，他们一直对别人好，得到好报。

喜欢电影，有一部叫《乱世忠魂》（*From Here to Eternity*），男女主角在海滩上接吻的戏早已忘记，记得的是配角不听命令被关进牢里，被满脸横肉的狱长提起警棍打的戏。如果我被抓去当兵，又不听话，那么一定会被这种人打死。好在到了当兵的年纪，邵逸夫先生的哥哥邵仁枚先生托政府的关系把我保了出来，不然一定没命。

读了多间学校，也从不听话，好在我母亲是校长，和每一间学校的校长都熟悉，才一间换一间地读下去，但始终也没毕业。

任性也不是完全没有理由，只是不服。不服的是为什么数学不及格就不能升班。我就是偏偏不喜欢这一门东西，学几何代数来干什么？那时候我已知道有一天一定能发明一个工具，一算就能算出，后来果然有了计算尺，也证实我没错。

我的文科样样有优秀的成绩，英文更是一流，但也阻止了升级。不喜欢数学还有一个理由，教数学的是一个肥胖的八婆（粤语，指爱管闲事的女子），面孔讨厌，语言枯燥，这种人怎么当得了老师？

　　讨厌了数学，相关的理科也都完全不喜欢。生物学课中，老师把一只青蛙活生生地剖了，用图画钉把皮拉开，我也极不以为然，逃学去看电影。但要交的作业中，老师命令学生把变形虫细胞绘成画，就没有一个同学比得上我，我的作品精致仔细，又有立体感，可以拿去挂在壁上。

　　教解剖学的老师又是一个肥胖的八婆，她诸多留难我们，又留堂，又罚站，又打藤，已到不能容忍的地步，是时候反抗了。

　　我领导几个调皮捣蛋的同学，把一只要制成标本的死狗的肚皮剖开，再到食堂去炒了一碟意粉，下大量的番茄酱，弄到鲜红，用塑料袋装起来，塞入狗的肚中。

　　上课时，我们将狗搬到教室，等那八婆来到，忽然冲上前，掰开肚皮，双手插入塑料袋，取出意粉，在老师面前大吞特吞。那八婆吓得差点昏倒，尖叫着跑去拉校长来看，那时我们已把意粉弄得干干净净，一点痕迹也没有。

　　校长找不到证据，我们又瞪大了眼做无辜表情（有点可爱），他更碍着和我家母的友情，就把我放了。之后那八婆有没有神经衰弱，倒是不必理会。

任性的性格影响了我一生，喜欢的事可以令我不休不眠去做。接触书法时，我的宣纸是一刀刀地买，我也一刀刀地练。所谓一刀，就是一百张宣纸。来收垃圾的人，有的也欣赏我的字，就拿去烫平收藏起来。

任性地创作，也任性地喝酒，年轻嘛，喝多少都不醉。我的酒是一箱箱地买，一箱二十四瓶。我的日本清酒，一瓶一点八升，我一瓶瓶地灌。来收瓶子的工人不停地问："你是不是每晚开派对？"

任性，就是不听话；任性，就是不合群；任性，就是跳出框框去思考。

我到现在还在任性地活。最近开的越南河粉店开始卖和牛，一般的店因为和牛价贵，只放三四片，我不管，吩咐店里的人，一于（粤语，意为干脆这样，就这样决定）把和牛铺满汤面。顾客一看到，"哇"的一声叫出来。我求的也就是这"哇"的一声，结果虽价贵，也有很多客人点了。

任性让我把我卖的蛋卷下了葱，下了蒜。为什么传统的甜蛋卷不能有咸的呢？这么多人喜欢吃葱，喜欢吃蒜，为什么不能大量地加呢？结果我的商品之中，葱蒜味的又甜又咸的蛋卷卖得最好。

一向喜欢吃的葱油饼，店里卖的，葱一定很少。这么便宜的食材，为什么要节省呢？客人爱吃什么，就应该给他们吃个过瘾。如果我开一家葱油饼专卖店，一定会下大量的葱，包得胖胖的，像个婴儿。

最近常与年轻人对话，我是叫他们跳出框框去想事情，别按照常规来。遵守常规是一生最闷的事，做多了，连人也沉闷起来。

任性而活，是人生最过瘾的事，不过千万要记住，别老是想而不去做。

做了，才对得起"任性"这两个字。

猫的观察者

重读老舍写猫的文章，真是描述得丝丝入扣；再看丰子恺画的猫，更是入神。古今文人墨客爱猫的真是多不胜数。

我也一直想画猫，不断地观察猫的各种形态和表情，真是怎么看都看不厌，愈看愈觉得它们可爱。怕遗忘，本来想用手机拍下，或一看到别人在网上刊登照片，就记录下来，以做参考。后来一想，从照片得来的都是二手资料，永远比不上印在脑海中的传神，就把那成千上万的照片一一删掉。要记录的话，用一本小册子描绘好得多。

毫无疑问，猫是主人，我们是臣子，内地爱猫之人称猫为"陛下"，学猫发命令，必用"朕"字表达。这些人也自称"铲屎官"，我一向对排泄物的名称生厌，不喜欢这个名字。

倒是很赞成他们叫猫为"喵星人"，是的，我们永远不了解猫，认为它们是从另一星球来的。

观察猫，从小只的开始。这个阶段的猫，什么种类的都美丽，一大了就不同。有的变成皱了眉头，看不起所有生物的讨厌家伙；有的生出凶残的眼神，变成怪物。

小猫向母亲学习的姿态总叫人欢笑。它们学用爪洗脸，一遍又一遍；它们学着喝水，怎么喝也喝不到；它们学翻墙，常不成功，经常跌倒，也令人捧腹。

有些东西是不用学的，长在它们的遗传基因里面。比如它们极爱干净，人类的臭脚是它们的天敌，一闻到立刻瞪圆眼看你，嘴巴做一个O形，昏倒过去。

或者一嗅到臭味，就要四处抓泥沙来掩盖。从前有花园的家里，它们排泄后一定会做这个动作。当今住在公寓中，实在可怜，铺砖的地板上一点泥也没有，一点沙也没有，但它们还是继续抓，继续埋。

另一种本能是看到排泄物形状的东西，即刻跳开，不相信你拿一条黄瓜抛给它们看看。

"你那么爱猫，为什么不自己养一只？"友人常问。

我必须承认我是一个比猫更爱干净的人，小时还不在乎，养了一只，长大后就受不了猫身上那种味道。

爱猫之人还得喜欢猫味，抱着拼命地闻，内地人称之为"吸猫"。这是我受不了的行为，所以我不能算是一个爱猫者。

"可以叫家政助理去做这些事呀！"友人又说。

但你怎么舍得把自己的婴儿给别人照顾呢?

另一个我没有的条件,是我也住在公寓中,本身已是一个笼子,怎忍心多关它们一层?

还是做一个猫的观察者好。

日本人有一句话,大致是说养猫三年,但是猫三天之内就会把你的恩情忘得一干二净。

我就不相信,你没有看到猫不断地把咬死的老鼠放在主人面前吗?

猫爱睡觉,怎么叫也叫不醒,所以它们得被人类收养,不然在野外早就给更凶残的动物吃得绝种。

我在日本乡下看到一只极渴睡的猫,把它翻过来也照样睡,同事拍了视频片段传播出来,得到几十万人点击。

猫睡觉,是毫不选择时间和地点的,它们一睡起来就像液体,可以躺到任何地方。观察猫,看它们睡觉,是一件乐事。

可惜的是一睡就看不到眼睛。猫眼是灵魂,有各种形状和大小。最美的是桃核般两头尖,向上翘的眼睛;圆的也漂亮;最不好看的是上面平,下面圆的,像是永远悲伤。看猫眼要晚上看,这时瞳孔放大,更是可爱。太阳一出,挤成蛇眼般的线形,就有点恐怖了。

媒体上的视频片段,有猫替主人按摩的,这也是真的吗?绝对不是,猫不过是把人的背当成一个厚垫来做伸掌的运动罢了。

猫可以训练的吗？可以的。俄国马戏团有猫的表演，但这是极残酷的鞭打和饥饿训练出来的成果，绝对不人道，绝对要禁止。要训练，只能做到教它们在指定的地方大小解为止。

说到人道，最不人道的是把雄猫给阉了。你没有看到网上的视频片段，那一只只排着队，被兽医取了"蛋蛋"的小猫的表情？都翻了白眼，舌头长长地伸了出来。那是令猫最绝望的，人类最残忍的行为。

我也明白若不绝育，猫会泛滥的说法。

但是为什么要阉雄猫，而从来没有人想到去为雌猫做绝育的方法呢？而且母猫叫起春来是那么凄惨，那么扰人。

做做好事吧，别割掉公猫的"蛋"，只要让母的不能生育，公的照做它们的好事好了，最多会被已经没有兴趣的母猫咬一口。

这么提倡，会不会受妇权人士诅咒？

东方快车

受好友廖先生夫妇邀请，我又去了一趟"新马泰"（新加坡、马来西亚、泰国）。

这回乘的是火车。早年旅行家们形容漫长的航海为"开往中国的慢船"（slow boat to China），比较当今高铁的速度，这次乘的火车可以说是"开往东方的慢车"了，我们一共坐了三天三夜，从曼谷到新加坡。

乘坐的当然是豪华的亚洲东方快车（Eastern & Oriental Express）。我们都受阿加莎·克里斯蒂（Agatha Christie）的侦探小说影响，一说到东方快车，满脑子都是挂满水晶灯的车厢、穿着晚礼服的风流人物、浪漫的古典音乐。

东方快车当然已失去昔日的光彩，但在今天乘坐也算是一段非常舒适和难得的旅程，没经历过的旅者都可一试。

这已是我第二次乘坐，第一次是陪伴查先生夫妇，反方向从新加坡到曼谷，那已是一九九三年的事。刚好友人送了我一瓶同年入樽的格兰花格（Glenfarclas）威士忌，一路慢慢喝，它带着雪利木桶的浓厚香味，比火车上供应的免费鸡尾酒好得多。

有什么不同呢？已找不到当年穿着马来传统服装的少女，代之的是服务周到的泰国火车少爷。火车照样缓慢开动，因为车轨一直以来都没有更换，相当窄小，所以晃动起来剧烈，开动和停止时发出碰接的巨响，也是非常恼人。

停下来时，我们特别请火车职员安排了一个烧菜的课程，教的有两道菜：冬阴功和辣肉碎。下车后先由导游带我们到当地的市场走一圈。

我最喜欢吃的是肉碎捞面，找到一家最传统的，连吞三碗。又是汽水，又是炸猪皮，又是甜品，加司机和导游，我们大吃特吃，也不过两百港币。

吃完到岸边上船，是艘拖驳艇，平底的，航行时稳如平地。由当地名厨教我们怎么用椰浆、虾汤、南姜、香茅、咖喱叶、草菇、鱼露、芫荽和辣椒粉煮成一锅汤。冬阴功的"功"字，是虾的意思，一看大厨用的是海虾，已知不对。

海虾的膏比不上河虾的多，煮出来的汤没有那种诱人的又黄又红的颜色，虽然用辣椒油来取色，也不够红。而且很多大厨永远搞不懂的是，椰浆一滚，椰油的异味就会跑出来。我再三指出，但都被他们敷衍了事。唉，算了！

继续上路，第二个可以停下来看的是马来西亚的橡胶树，当今这种工业已没落，但看女士们怎么割取乳白胶液，对游客们来说还是有趣的。

在车上的时间，可做足底按摩，还有相命师解答疑难。餐车有两卡（粤语，意为车厢），一卡高级，一卡平民化，可以轮流来吃，这是高铁做不到的。

食物更不是高铁上的可比，基本上是西餐，但有时也供应叻沙之类的当地食物。早餐更是送上房来，鸡蛋怎么做都完美。廖太太是位牛油狂，我本来不太喜欢吃面包的，也受她影响，在面包上一大块一大块地涂牛油，撒上盐，主食还没上已吃个半饱。

这次入住的房间和上一回一样，是一节车厢只有两间的总统套房，名字好听，但也不宽敞，浴室只有花洒，车子停下来时冲凉较稳。在车上遇到几位肥胖的外国人，如果他们能挤得进去，就不怕摇晃了。

火车从曼谷中央车站出发，客人们都早到了，没事做待在休息站干等。建议大家勇敢一点，走到普通火车的候车大堂，就可以买到大量的腰果、开心果、鱿鱼干等零食，一大堆捧到车厢，可以解闷。

火车慢慢开出，哐当哐当作响，左左右右摇动。吃了晚餐特别容易入睡，发现火车不动了，原来是停了下来，让客人安眠。

火车又发出巨响，已闻到早餐香味。过了不久，到达第一站，就是桂河大桥站。这里对英国兵来说不是很光彩的史迹，当今当然一点战争痕迹都没有了，代之的是一个避暑胜地，十二月初，这里凉风阵阵，根本不像置身南洋。

这次才知桂河的"桂"字，原来在泰语中是"河"的意思，照土语来念，变成了"河河"。

最后一节车厢是开放的，可以吸烟和吹风。日落、日出没什么看头，不像在邮轮上那么过瘾。

酒吧里有位上了年纪的歌手，有时打扮成埃尔顿·约翰（Elton John，英国歌手、曲作家）的样子，穿得花花绿绿，用钢琴弹出各种乐曲，看什么人弹什么歌。

乘原有的东方快车，尤其是冬天时雪茫茫，一路有城堡、酒庄的风景。但乘这趟东方快车，最初看到橡胶树时，大家还会拿起手机拍风景，经过河流时，小孩子会跳下嬉水，连续几天还是那些东西，大家便躲进酒吧去了。

终于，到了新加坡。火车站这块地方属于马来西亚，没什么发展，和数十年前一样。前来迎接的车子已停好，廖先生、廖太太迫不及待地跳上去，赶着到"发记"去吃蒸鲳鱼，还有他们念念不忘的甜品，那是猪肉蒸芋泥的失传潮州名肴。

大吃特吃，我在新加坡停了两天，拜祭父母，到了第三天，又飞回吉隆坡。在那里，我要为二○二○年的书法展看场地和做准备了。

镛镛

镛记自从第二代传人甘健成去世后，有些家庭纠纷，入禀（粤语，意为上诉）法院，被判清盘。客人以为清盘就是倒闭，其实这是处理财产纠纷的最佳方法：把物业做一个估计，平均分配。

至今，所有问题都得到公正的解决，老镛记继续由甘健成的弟弟甘琨礼接手，可有一个新的出发点了。第三代后人一直想往外发展，第一间餐馆在机场初试，但地点偏远，营业时间又不是全天候的，故没起到什么作用。

现在时机到了，K11 MUSEA想打造全城最高级的商场，把镛记这个老字号纳入，给予最适宜的位置。从洲际酒店那个方向进入，在商场正门上电梯，千万别从瑰丽酒店上来，两家酒店在商场的一头一尾。

新餐厅取了一个可爱的名字，叫"镛镛"，英文名为Yung's Bistro。bistro有小馆的意思，但镛镛地方甚大，总面积有五千三百平方英尺（约四百九十二平方米），加上一个两千多平方英尺的露台，对着中环，景色是一流的。香港天气一直像夏天，在外面喝杯鸡尾酒后进食，或饭后来根雪茄，甚为理想。

吃的方面呢？一般和老镛记的餐牌没什么不一样，加上十二道"尝回忆风味"菜肴，有原只烧鹅髀、堂煎荷包鸡蛋、流心西施炸虾丸、蟹肉金瓜焗蟹钵、老陈皮泼水翅、烩乌刺参、鸳鸯远年陈皮牛肉、家乡梅菜扣腩肉、手撕烟熏童子鸡、礼云子蛋清配两口饭、童年大白兔糖奶冻等。

当晚和友人夫妇专程去试新菜，认识我的人都知道我吃东西不多，只是浅尝，所以没叫太多菜。到了镛记，不吃烧鹅怎行？要了烧鹅腿，二百九十元，炸虾丸二百元，陈皮牛肉三百元，礼云子蛋清配两口饭三位三百九十元，梅菜扣肉三百二十元。没喝酒，加上矿泉水八十元，连加一小费，一共花了一千七百三十八块大洋，人均消费五百七十九点三元。

这价钱，在那么高级的地点，在全新装修的餐厅，比起吃西餐，是公道得不得了的，较日本的omakase更是便宜得令人发笑。

这一餐吃得很值得。

这完全是相对的。在老镛记，一盒叉烧饭外卖约六十五元，堂食九十元，客人就有微词。尤其是叉烧这种东西，一长条有时斩到半肥瘦就好吃，全瘦的部分就嫌硬。这和烧鹅相同，每逢鹅肉香软的季节，怎么烧都好吃，过了之后有时就太硬，这又是让人投诉的原因。

新店镛镛干脆用鹅腿，这个部位怎么烧都好吃，下次去叫这道菜好了。

至于价钱，有很多餐厅分中餐和晚餐两个价格。这有点混乱，新镛记用的是全日菜单（all day menu），统一起来反而公道。

另外，在下午两点至五点半的非繁忙时段，他们也供应一个点心餐牌，更是吃得轻松。

说回老镛记，它已是香港具代表性的地标餐厅了，从中国内地、马来西亚、新加坡来的游客，都要前来品尝，客人还是源源不断的。

有没有米其林星级呢？这一点镛记倒不在乎，而且所谓星级，是外国人的标准，和本地食评格格不入。我到欧洲，当然相信他们的评语，但是在亚洲，可以不必听从，而且他们也没有办法说服我。

举个例子，我就不相信他们吃过镛记八楼的"尝真"菜，要不然他们一定会惊叹不已。我也是要遇到隆重的场合或特别的节目才去，刚好最近收了干儿子和干媳妇，便又到八楼吃一顿。

在这里，除了上契（指认干亲）宴，也有拜师宴可以举行。当年甘健成很注重这些礼节，也照足古老习俗举办这一类的飨宴，其他餐厅都不懂得。

这传统一直保留下来，当天的上契宴上有"兰亭宴"，摆设上五种小吃：清酒非洲鲍、椒盐海参扣、蜜汁金钱鸡、白灼猪心蒂、素心石榴鸡。

鲍鱼用的是一头装的罐头，不必加料，就那么切开，也有独特的香味。与其吃硬得像石头的所谓干鲍，我宁愿吃这种罐头鲍。海参扣就是海参的肺，爽爽脆脆，十分美味。金钱鸡当然用古法制作。猪心蒂虽然是不值钱的猪心脏血管，但处理困难，变成了高级菜。石榴鸡是素的。

其余的菜有"雁塔题名""衣钵相传""妙笔生花""平步青云""名扬四海"等等，菜名取吉利之意，都是花功夫仔细分析得来的。有蒸星斑、红烧鹅掌和大花菇、蒸灼鹅肠、炸新竹米粉淋上麻婆豆腐、竹笙包露笋火腿丝、蒸荷叶饭等等。

当然少不了一上桌就让所有客人难忘的"二十四桥明月夜"，由金庸小说中得到灵感，是甘健成和我所创。把一只火腿削半，用电钻挖出二十四个洞，填入豆腐再蒸八个小时，这是只能在八楼吃到的菜。

当然还有各种吃不完的佳肴。除了上契和拜师，各种礼节的仪式，当今在香港也只有铺记留下了，它可以全部依足传统摆设，并教你怎么完成。

大家都问我吃这一顿要多少钱，人均消费是一千五至一千八百元。这个价钱，你跟朋友吃西餐或日本料理，怎么吃也不会"哇"的一声叫出来。试试看吧！

问题问题一箩筐

看新闻，有许多记者发问，虽说只是问三个问题，但内容加了又加，变成七八个问题，不但令回答的人混乱，而且常忘记第一个问题是什么。

我发觉问问题，越精简越好，回答方也不必限定一个人只能问一次，如此回答时更加准确，也不必啰里啰唆。

这种情形更适合英文讲得不好的提问者，简单的一条已听不清楚，还要讲一大堆，更是令人难以回复。回答的人，英语不行的也居多，不如让专讲中文和专讲英文的人分别登场，节省时间甚多。

所有人与人之间的沟通，我最中意用问答的方式来进行，问题愈短愈好，回答也是。这一来像你发一球，我回一球，抛来抛去，好玩得很。

一般人发问，最喜欢以"其实……"来开头，回答也是。这种开场白最没有用，最多余了。其实些什么？已是其实的，讲来干什么，为什么整天其实来其实去？

所谓学问，就是问了之后学到的，问问题是学习的最佳方式。但是在发问之前，必得想一想，为什么问，问得多会不会出丑？

比方说，问：怎么又多吃又不胖？

这简直是放屁嘛，多吃就胖，此问题真是多余！

一些经济学家也问得笨，看过他们参观证券交易所，问的竟然是买什么股票一定赚钱。

哈哈哈哈，知道了还在这里打工？早就自己发财去也！发问的人简直是白痴一名。

同样的蠢问题还有：怎么可以防止秃头？

哈哈哈哈，知道的话，早就卖药去也！

"我长得漂亮，怎么没有男朋友？"有些网友问。

发问的人没有头像，我回答："发一张照片看看。"

"我心中漂亮。"对方不敢了，即刻遮丑。

更加愚蠢的还有：怎么发财？怎么不学自会？怎么不劳而获？唉，天下笨人真多，只有叫他们去吃发财药，去喝聪明水。

一点也不经过大脑就发问，是最低能的，广东话中有一句说得最恰当，就是"睬你都傻"（理你是傻瓜）。

关于婚姻和恋爱，更有傻得交关（粤语，意为厉害，严重）的问题。当然，恋爱中人都是傻的。

最多的问题是：我爱他，他不爱我；他爱我，我爱别人。怎么办？

我的回答只有两个字：凉拌。

出现第三者，更是纠缠不清。A君爱B君，B君爱C君，A、B、C君怎么爱？不必问了，把这些问题放在显微镜下，就可以大做文章。

亦舒的小说，都是这样写出来的。她的哥哥倪匡也说过："我写科幻，天马行空，但也不如我妹妹，来来去去，只有三个人，也可以写那么多本书，也可以写得那么精彩。"

迷惘更是年轻人最爱问的问题，但是迷惘是你的专利吗？凡天下人，年轻时都迷惘过，你是第一个吗？从迷惘中走出来呀，我们都是这么活过来的。

"父母要我结婚，我不想嫁，怎么办？"回答又是"凉拌"。不想嫁就别嫁呀，天下单身而快乐的人那么多，为什么不学习学习？不嫁会死人吗？你的家长又没有用枪指着你，都什么世纪了，还一定要嫁？

"不嫁父母难过呀。"

我一向回答："父母的话一定要听，但不一定要照做的呀！"

对于未来，年轻人又老觉不安。"昨天考完试，不知及不及格，怎么办？"

不及格也已经考了，已经过去了，担心些什么？就算不及格，再考一次就好，担心也没用呀！

"有没有来世呢？"也有很多人问。

我总是回答："没有死过，不知。"

我一向阻绝微博网友直接问我问题，但每年在农历新年之前，我会开放微博一次，整个月允许网友提问。

去年最佳的问题是："你吃狗肉吗？"最佳回复是："什么？你叫我吃史努比？"

今年的是："我整天在女人之中打滚，你猜我做的是什么职业？"最佳回答是："你是夜总会领班。"

乘车到澳门

友人梁冬在香港凤凰卫视任职时与我相识，我一直欣赏他的才华。当今他创办了一家叫"正安"的公司，另有一个医疗中心，叫"问止中医"，集中名医为患者看医，调理病人的睡眠尤其见效。"正安"在北京和深圳各有分行数家，美国也有两家。

被治好的病人经常集会，成立了梁冬粉丝团。这次他们在澳门相聚，梁冬要我也去一趟，向各团做一讲座，我欣然答应。我们觉得也不必过于严肃，决定在龙华茶楼举办，一面饮茶吃点心，一面交谈，轻松一点。

整个讲座两小时左右，我在澳门又没有其他事，可以即日去即日返。当今有了港珠澳大桥，更是方便了。

怎么一个走法？相信很多香港人还没有走过，需时多久也少有人知道。先给大家一个概念吧，从香港市中心到赤鱲角的距离，另加一倍，就可以从香港去到澳门了。

我们常去旅行，到机场需要多少分钟，大家会很清楚。乘车的话，经赤鱲角，转入一条通往澳门的公路，当今少人通行，至少不会塞车。

这条路走到尽头，就会进入一条海底隧道。出来之后，再上公路，行驶二十公里，便抵达澳门了。

我们在飞机上向下看，见那条很长的公路忽然进入一个岛屿式的建筑中，就不见了。这到底是怎么一回事？我这个方向白痴也一直想知道，为什么不全程都用桥梁，从香港走到澳门呢？

要让船经过呀，有人说。桥梁建得很高，小船从下面通过，是没有问题的，但巨大的商船或邮轮就钻不进去了。公路钻入海底隧道，就是为了让大船从上面过，我这次才弄明白。

要不要经过关口呢？当然要。为了避免交通的繁忙，这里建了一个人工岛，专门办理进入澳门和珠海的手续。乘车的话，不必下车，把证件交给海关人员就是。

出了香港关口，还要入境澳门。若一路很顺利地抵达，全程需要多少时间呢？

这要看你问谁了，驾驶直通车的司机会告诉你，全程需要一小时十五分钟。这个计算太过乐观，我觉得非常非常顺利的话，一个半钟头足够。如果你约了人在澳门见面，预留两个小时，就很保险了。

最多人问的第一个问题就是：车费多少？

直通车用的都是丰田的埃尔法（Alphard）七人车，集团经营的每程约三千港币，往返大概六千元。当然有些白牌的更便宜，但并不合法。

目前这种车并不多，因为发的牌照甚少，由抽签决定，以避免澳门交通混乱。现今只有五百多辆，据说很快会增加。

一般游客会嫌贵，但是一家老小前往，一辆车可乘六个人，行李不必搬来搬去，再扣去每人单程所需的两百多元船票，有闲阶层还是会利用的。尤其是怕晕船的人，更会考虑。

至于怎么向大集团租车，上网找寻就知道。

上次到澳门，是和一群饮食界的朋友专程去友人廖启承开的法国餐厅品尝，地点在贝聿铭设计的澳门科学馆，占地两万多平方英尺，楼顶极高。餐厅名叫Le Lapin，法文意思是"小兔"。之前我在专栏中写过，那已是三年多之前的事了。餐厅曾遭受一场大火，自动花洒喷出的水淹至楼顶，好在藏酒没受到损害。说到藏酒，这家在港澳可说是数一数二的，只要是你说得出的佳酿，都可找到。

经三年的全新装修，二〇一九年十一月，餐厅重新开业，可说是浴火重生。这回吃的和上次完全不同，品尝菜单（tasting menu）

有十道菜，老板兼主厨廖启承特别花心思，道道菜有不同的口味，也不只是鹅肝酱、鱼子酱和黑松露那么简单。廖启承加上东方色彩来变化菜肴，像白面豉鳕鱼配茄子、油甘鱼刺身配红菜头冻汤等，大胆创新。

这位世侄从小喜欢看书，我最疼爱。他知道我喜欢吃雪糕，专门为我做香草软雪糕，是我此生吃过最软绵、最惹味（粤语，意为味道好）的。大家去，不可不试之。

中午那餐，带大家去廖启承的另外一家餐厅。那是他开来孝敬老父的大排档，什么小吃都有，食物种类是传统的，但用食材将水平提升，非常美味。众友人看到侍者，怎么那么面熟？原来都是法国餐厅的员工，他们白天到这里来服务，报答店主在因火灾休业这三年还是照发薪金给他们。

饱了，带大家去买我最喜欢的葡萄牙芝士。它像一个迷你小鼓，切开上层的硬皮，里面就有可以用茶匙来吃的软芝士，非常美味，也很特别，价钱又不贵。只在一家餐酒进口商公司买得到，若想购入，得先打电话去预订。

喜欢的字句

为了准备二〇二〇年四月底在新加坡、马来西亚举办的三场行草书法展，我得多储蓄一些文字。发现写是容易，但要写些好字句，又不重复之前的，最难了。

"岂能尽如人意，但求无愧于心"等字句，老得掉牙，又是催命心灵鸡汤，最令人讨厌，写起来破坏雅兴，又怎能有神来之笔？

记起辛弃疾有个句子，曰："不恨古人吾不见，恨古人不见吾狂耳。"很有气派，由他写当然是佳句，别人的话，就有点自大了。

还是这句普通的好："管他天下千万事，闲来轻笑两三声。"已记不得是谁说的，但很喜欢，又把"轻笑"改为"怪笑"，写完自己也偷偷地笑。

较多人还是喜欢讲感情的字句，就选了"只缘感君一回顾，使我思君朝与暮"。出自乐府民歌《古相思曲》。原文是："君似明月我似雾，雾随月隐空留露。君善抚琴我善舞，曲终人离心若堵。只缘感君一回顾，使我思君朝与暮。魂随君去终不悔，绵绵相思为君苦。相思苦，凭谁诉？遥遥不知君何处。扶门切思君之嘱，登高望断天涯路。"太过冗长，又太悲惨，非我所喜。

写心态的，到我目前这个阶段，最爱臧克家的诗："自沐朝晖意蓊茏，休凭白发便呼翁。狂来欲碎玻璃镜，还我青春火样红。"也再次写了。

也喜欢戴望舒的句子："你问我的欢乐何在？——窗头明月枕边书。"

"故乡随脚是，足到便为家"，黄霑说这是饶宗颐送他的一句话，影响了他的作品《忘尽心中情》。我想起老友，也写了。

中学时，友人送的一句"似此星辰非昨夜，为谁风露立中宵"，至今还是喜欢，出自黄景仁的《绮怀诗》。原文太长，节录较佳。

人家对我的印象，总是和吃喝有关，关于饮食的字特别受欢迎，只有多写几幅。受韦应物影响的句子有："我有一壶酒，足以慰风尘。尽倾江海里，赠饮天下人。"

吃喝的老祖宗有苏东坡，他说："无竹令人俗，无肉令人瘦，不俗又不瘦，竹笋焖猪肉。"真是乱写，平仄也不去管它，照抄不误。

板桥更有诗："夜半酣酒江月下，美人纤手炙鱼头。"

不知名的说："仙丹妙药不如酒。"

还有一句我也喜欢："俺还能吃。"

另有："红烧猪蹄真好吃。"

更有："吃好喝好做个俗人，人生如此拿酒来！"

还有："清晨焙饼煮茶，傍晚喝酒看花。"

最后有："俗得可爱，吃得痛快。"

说到禅诗，最普通的是："菩提本无树，明镜亦非台。本来无一物，何处惹尘埃。"被写得太多，变成俗套。和尚写的句子，好的甚多，如："岭上白云舒复卷，天边皓月去还来。低头却入茅檐下，不觉呵呵笑几回。"

牛仙客有："步步穿篱入境幽，松高柏老几人游？花开花落非僧事，自有清风对碧流。"亦喜。

布袋和尚有："手把青秧插满田，低头便见水中天。六根清净方为道，退步原来是向前。"

禅中境界甚高的有："佛向性中作，莫向身外求。"都已与佛无关了。

近来最爱的句子是："若世上无佛，善事父母，便是佛。"

我的文字多为短的，开心说话也只喜一两字，写的也同样。

在吉隆坡时听到前辈们的意见，说开展览会定售价要接地气，大家喜欢了都买得起，结果写了"懒得管""别紧张""来抱抱""不在乎""使劲玩"。四字的有"俗气到底""从不减肥""白日梦梦"等等。

自己喜欢的还有"仰天大笑出门去""开怀大笑三万声"等等。

有时只改一二字，迂腐的字句便活了起来。像板桥的"难得糊涂"，改成"时常糊涂"，飘逸得多。"不吃人间烟火"，改成"大吃人间烟火"，也好。

佳句难寻，我在照惯例每年开放微博的那一个月中向网友征求，若有好的，我送字给他们，结果没有得到。刚好我的网店"蔡澜花花世界"有批产品推出，顺便介绍了一下，便给一位网友大骂，说我已为五斗米折腰，其他网友为我打抱不平。我请大家息怒，自己哈哈大笑，将"不为五斗米折腰"改了一个字，变成"喜为五斗米折腰"，成为今年最喜欢的句子。

再到福井吃蟹

恭贺新岁，照惯例到日本去，不知不觉，已持续了二十年。

这次是到久违的福井县，当然是为了吃螃蟹。越前蟹是稀有品种，而福井的更是不出口到外县去。东京只有一家店卖，为的是宣传福井县，政府津贴的"望洋楼"可以吃到，旁的皆非正品。

这种蟹能够保持质量，也是因为严守休渔期，每年只在十二月、一月、二月这段时间解禁，又因海水逐渐暖化，产量越来越少，当今大的要卖到六七万日元一只了。

今年刚好赶上农历正月在公历一月，豪华点，一共吃两餐全蟹宴，先在最好的望洋楼来一餐，翌日又在旅馆中吃第二餐，没有一个朋友说吃得不够瘾了。

抵达大阪后，大家迫不及待地先到下榻的丽思卡尔顿（Ritz-Carlton）酒店附近的"藤平"拉面店，这已是友人们不成文的"仪式"。说好吃，其他好吃的拉面大把，但众人试过之后还是觉得这家的味道难忘，非来一碗不可。

休息过后，驰车到神户。三田牛专门店"飞苑"当今已将神户市中心三之宫的门店关闭，集中到远一点的大本营，大众化和高级化的餐饮齐全。入口处照样挂着金庸先生的题字"飞苑牛肉靓到飞起"。店主蕨野说，很多中国客人听了我的介绍来，见到这幅字，都纷纷拍照片留念。

牛肉一大块一大块烤得完美，让大家任吃，不够不停地加。店家也用各种方法改变口味，像添一大匙伊朗鱼子酱，铺大量黑松露和夹乌鱼子等等。我们反而中意吃三田牛的舌头，厚厚的一大片，吃完大呼"朕满足也"。

走到隔壁去看平民化的食肆，同样有三田牛的烧烤，一个人平均消费一万日元，包括汤和饭。

饭后走过附近的药房，本来想买口罩送人，但看到一大堆存货，为了不多带行李，又可以再逗留多日，就暂时不买了。

翌日一早乘一趟叫"雷鸟号"（Thunderbird）的火车，从大阪到福井，一小时四十五分钟后就抵达，直接到望洋楼去。这里的越前蟹都是店主包了船出海捕捞的，爪上钉着望洋楼专用的牌子，保证质量。

先有凉拌的鱼子酱，再出螃蟹的各种吃法。当然有刺身，一蘸了酱油，肉便散开，像花一样地开着。初吃时以为师傅的刀工厉害，后来才知是自然散发，鲜得不得了。吃刺身也只有这种福井蟹最安全。

接着便是全蟹一大只一大只地蒸出来，再由侍女用纯熟的手法剥开。诸友把一大撮熟肉塞入口，那种鲜甜的味道，的确只有在福井这个地方才能尝得到。最后更有蟹肉饭，两大铜釜任吃，众人已不会动了。

一面欣赏蟹肉，一面望着大海，"望洋楼"这张招牌名副其实。望洋楼也是日本最高级的餐厅，亦可入住，有望洋的温泉。

人就是这样，吃过望洋楼的蟹，对什么"蟹将军"之类的食肆已经没有兴趣。人是走不了回头路的。

入住有一百三十年历史的芳泉旅馆别馆"个止吹气亭"，最大的房间当然有私家花园和露天风吕（风吕在日语中指浴池、澡堂），走进去会迷失路的。我已和老板娘及经理混得很熟，像回到家，他们也用这句话欢迎我。

第一晚中午已吃过螃蟹，我留着第二晚才又吃。当晚大师傅出尽法宝，什么活烤鲍鱼、生剖龙虾等齐出，我推荐大家吃的是甘虾刺身。到处都卖，有什么出奇？福井的甘虾大为不同，又不出县，要吃只能来福井。分两种，一种是一般的红颜色，另一种则灰灰暗暗，一吃进口即知输赢，那种甜味到底和别的不同。而且分量极多，怎么吃也吃不完。

第二晚再吃蟹，最后大家都说可以打包就好了。

中午，旅馆的老板娘带我去一家店吃鳗鱼，店没有汉字招牌，就叫Unagiya。鳗鱼野生肥美，有机会不可错过。

福井这个地方还有一颗宝石，那就是出产日本三大珍味之一的酱云丹。云丹就是海胆，这里的只有乒乓球那么大，味极浓，腌制成酱，一瓶要用上百个，故价甚贵。周作人在散文中提到念念不忘的，就是这种酱云丹。店里的新产品是制成海胆干粒，来一碗新米白饭，撒上一些，已是天下美味。

回到大阪，大家购物去，才发现各药房的口罩又被抢购一空，事情变得严重。但我们有美食搭够（粤语，指用其他东西替代），跑去"一宝"的本店吃天妇罗。这家人知道我们来，特地从东京的店把大哥调过来给大家炸东西，吃完什么病都不怕了。

重游京都

众人从大阪返港后，我到京都住了几天。

下榻与大阪同系的丽思卡尔顿酒店，贪它在市中心的鸭川岸边，出入方便。酒店设计得很新颖，带有古风，和一般的美国连锁旅馆不同，舒服宁静。

第一件事就是到附近的茶铺"一保堂"，其于一七一七年创立，我在五十年前初来京都时，第一家前往的茶铺就是这家。坐在长条柚木的柜台前，柜台上有个大铁壶，日本人叫为"铁瓶"，烧煮滚水，用竹勺子舀起，倒进一个叫Yuzamashi的冷却容器，来冲泡玉露茶。

玉露是日本最高级、最清洁的茶叶，纤细得很，不能直冲热水，只可用Yuzamashi来将水放凉至六十摄氏度左右。如果没有此容器，那么将水连续倒入三个空杯，也能得到同样的温度。

喝了一口，简直是极美味的汤。从此上瘾，一到京都，第一口茶非到此来喝不可，成为一种仪式。因为干净，茶叶可以不必冲洗，我常买回家用冷矿泉水来浸泡，更是另一种享受。

店里挂着一幅字——"万壑松风供一啜"，是节录宋朝释智朋的诗："瓦瓶破晓汲清泠，石鼎移来坏砌烹。万壑松风供一啜，自笼双袖水边行。"一保堂用的都是中国味道的东西，包装纸上印的是木版刻印的陆羽《茶经》，很有古风，我把它装裱后挂在办公室墙上。

喝完茶在附近散步，上苍对我不薄，让我误打误撞找到一家炸猪排店，没有店名，招牌布帐帘上写着一个大字"技"。走进去试吃，的确是靠厨技弄出来的美食，才两千多日元，尝到日本最好的猪排。若大家有缘遇到，可一试。

家里的茶杯被助理打得七七八八，来京都之前请好友管家推荐了几家陶瓷店，都去了也没有找到我喜欢的，反而在高岛屋找到一式五个的蓝色杯子，爱不释手，价钱也比古董便宜得多。

京都的寺庙从前去得多了，这回只到南禅寺去吃豆腐，怀旧一番。豆腐汤表面冷却之后变成的腐竹，一张张捞起浸入酱汁中吃，再喝清酒，诗意十足。

接下来的数餐晚饭，都是吃怀石料理，有的旧式，有的新派，都没有我最爱的"滨作"的好。滨作是第一家可在柜台前吃的怀石料理店，非常创新，早年厨师怎样做菜，都不让客人看到的。可惜去的时候，这家店正在装修，只有等它重开再前往。

这回吃的怀石料理，从价钱最便宜的"平八茶屋"的开始。这是一家有四百多年历史的食肆，作家夏目漱石常来，庭院幽静，但料理平凡，可当成入门级的怀石。里面有八间房供住宿。

中价的有"近又"，已经传到第七代，店主叫鹈饲治二。此家店亦可住宿，食物应有尽有。说到怀石，食材一定要用最早上市的，现在是吃油菜花（nanohana）的季节，百货公司的食品部还看不到，这里有的吃。

最贵的一家是"米村"，一共有十几道菜，都是法国和日本混合的料理，什么都有，但什么印象都留不下，只知吃到一半已大叫老猪饱矣。

本来我是一个手杖狂，去到有手杖专门店的都市，第一件事就是去看看。京都有好几家店，当然也去了，但发现货品都似曾相识。我的手杖搜集已进入另一层次，那就是要买独一无二的，只有请木刻家专为我制作，普通店的产品我已不感兴趣了。

不如到古董店找找，也许有奇特的手杖。京都有条艺术街，在新门前通，逛了好几家店，还是没有找到满意的，这次一支也没买到。

还是吃最实在。到了京都，不可不去山瑞（一种鳖，外形与甲鱼相似）料理店"大市"，朋友经介绍去过之后都大赞，变成头号粉丝。我五十年前吃过，至今不忘。

只有很普通的几道菜。先来一杯汤，即大赞。跟着是几小块肉，也美味得出奇。再把剩下的汤煮成粥，打了鸡蛋下去，鸡蛋鲜红，是特别培育的。一吃进口，连略焦的底部都想挖干。侍女也知道会有这种情况发生，特别关照说千万别把那个大土锅弄坏，这已经是古董，一个煲用了几十年。

几十年和店龄相比不算什么，这家店已开了三百四十多年，卖的是一成不变的那几道简单的料理。变的只是价钱，至今一客要两千多块港币了。

好日子终会来到

大班楼的欢宴

在一个懒洋洋的下午，我们去了大班楼。

这次本来是想补请钟楚红，为她做生日的，她生日那天叫了我去，没告诉我是什么聚会，到了才知道，太迟，没带礼物。

今天有她的友人傅小姐、特雷莎和珍妮，以及大班楼店主夫妇，总共七位。这种人数刚好，人太多了，话题总是太散。

太阳映照在半透明的玻璃窗上，气氛柔和，有点似曾相识之感。傅小姐带来的餐酒总是有水平，数支2007年汴维努-巴达-蒙哈榭特级园白酒（Bienvenues-Batard-Montrachet Grand Cru）和2008年香颂酒庄（香贝丹-贝斯特级园）红酒（Chanson Pere & Fils Chambertin-Clos de Beze Grand Cru），都是我爱喝的。

友人常问：你不是不喜欢餐酒的吗？你不是说所有的餐酒都是酸的，而你是最讨厌酸的吗？

好的餐酒一点也不酸，照喝，今天有非喝醉不归的预想。

酒好，菜呢？

叶一南一早预备的头盘，是冻卤水花椒小吊桶。小吊桶就是小鱿鱼，胖人手指般粗，当今在香港已很少见。大厨每天在鸭脷洲等渔船回来，船一靠岸立即收购，小鱿鱼用冻卤水浸够味，扫上自制的花椒油上桌。

味道当然不错。我们一边吃还一边聊，说日本人捕捉到小鱿鱼后也即刻扔进一大桶酱油内，将其喂饱。喂卤水也行呀，或用其他酱汁，也许有更多的变化，大家都拍手同意。

另一道冷盘是陈皮牛肉。陈皮不易入味，叶一南说试了两年，发现配牛肉最佳，带些甜味更好。说到陈皮，我前些年带傅小姐到九龙城的"金城海味"进了一大批，她说下次店里不够用，我们自己吃时，她可以提供。

阿红一向酒喝得不多，今天也畅饮，脸红红的，更是好看。

接着上的是咸柠檬蒸蛏子，用的是叶一南去大孖酱园时发现的二十年前的酱油，他全部买了回来。经过时间累积的醇厚味道就是不同，简简单单地用来蒸蛏子，不错不错。

跟着上的咸鱼臭豆腐，原料是李大姐的手笔，她是制作豆卤发酵臭豆腐的仅存者，制品与用化学方法制作的当然不同。师傅搓烂臭豆腐，加入上好的咸鱼、马蹄、葱花，捏回方块炸成。

知道阿红最环保，反对吃鱼翅，这一餐什么鲍参翅肚都没有，黑松露、鱼子酱等也禁绝。叶一南说，中国的好食材一生一世都用不完。

酒喝多了，阿红说起她在香港演艺界的生涯，前后不足十年，但也拍了五六十部电影，有些还是在黑社会挟持下日夜开工的，累得站着也可以睡着。辛酸虽不少，但她总以轻松的口吻叙述，惹得大家哈哈大笑。

这时主菜才上。蟛蜞膏豆仁琵琶虾是用雌性小蟛蜞的卵做成。蟛蜞卵在蟛蜞体内叫膏，成熟后才成为礼云子，产量极少，味奇鲜。

接下来剁椒咸肉蒸龙趸头上桌。大班楼用自己发酵的剁椒——辣椒加盐加蒜，发酵十几二十天即成，味道很好，配上咸肥肉丝、榄角来蒸大鱼头。旁边有水饺，其实作为配料的红油抄手做得更好吃。

樟木烟熏鸭需特别预订，用的是体形细小的黑脚鸭，肉很嫩。将鸡、鸭、鸽子、鹅肉中广东厨子叫为"下栏"（禽畜肉类中质量较次的部分）的部分蒸出汁来，比上汤更浓。黑脚鸭用它来腌一夜入味，然后慢火蒸四个小时，迫出一大半油来。这时才用真正的樟木慢慢熏，这个步骤是急不得的。最后用大火焗香鸭皮。

阿红建议烟熏时可加米饭，烟味可更浓一些，来补救味道过淡的缺点，叶一南也细听了。

今天的晚宴，也是为了庆祝叶一南和他太太的新婚。这一对佳偶拍拖已拍了二十年，他们刚好在二十年前参加过我的旅行团，当时我不知他们是不是夫妇，也不便去问，后来才知道是情侣。

我一直觉得婚姻是一个野蛮的制度，但他们这个例子更适合

想做的不能随便做，不想做的尽量不要做。

世界上唯一不用努力就能得到的只有年龄！

过 好 这 一 生

人类活到老死，不玩对不起自己。

如果我喜欢一个人，不管这个人用什么方法表现自己，
我都欣赏。

过 好 这 一 生

在玩乐中体验人生，在平常的烟火气中感受生活的美好。

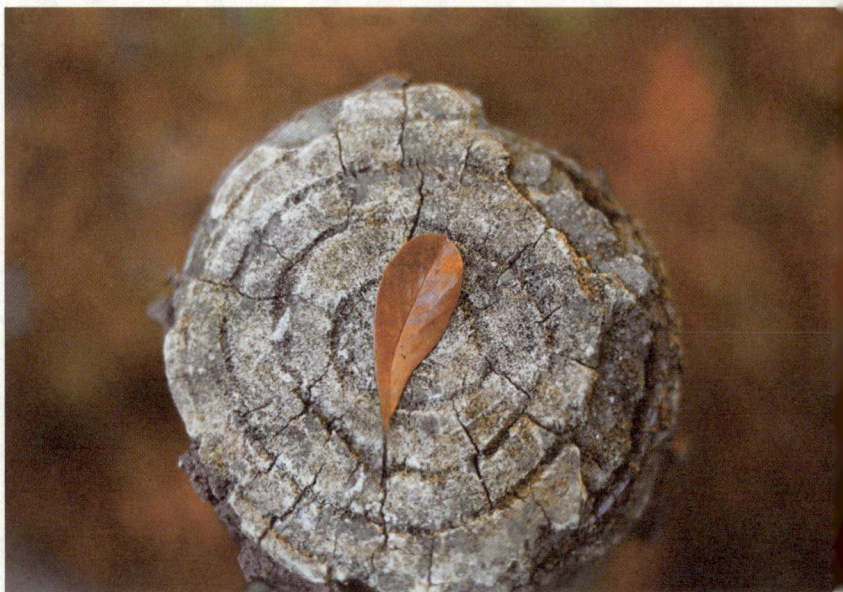

我们脚踏实地，我们便有根，
不用去向别人证明我们懂得多少了。

过 好 这 一 生

有些事，不做比做好；有些问题，不答比答好；
烦恼减到最少，最好。

很多人会很羡慕我的人生，但是，不用羡慕，实行去，
谁都可以的。

过 好 这 一 生

"佳偶天成"这四个字。

大家所谈，都是数十年间的事。阿红已故的先生，也是我从小看到大的，今天聊起，似是昨日事。

剩下的是鱼汤腐皮豆苗。美人们非吃蔬菜不可，我已太饱，再也吃不下了，但看到蟹肉樱花虾糯米饭，还是连吞数口。

最后的甜品是每天现磨的杏仁茶，还有不太甜的山楂糕、杞子糕和绿豆莲蓉饼。糖水则是绿豆加臭草做的。

这一餐，完美得很。主要是人好，话好，食物好。那斜阳的光线，现在想起，令人觉得像是在绘画老师丁雄泉家里。阿姆斯特丹当然没有大鱼大肉，有的是简简单单的煎葱油饼，但一样欢乐，一样难忘。

买单时，说是叶一南请客，谢谢他了。

去哪里？

喜欢到处旅行的香港人，今后会到哪里去？

首选当然是日本，但去了要被隔离十四日。去日本玩个五天最舒服，十天也无妨，但让你躲在一个房间内两星期，一定闷出病来。

而且日本一切都贵，这段隔离的日子又吃又住，需要一大笔花销，一般旅客很难付得起。我本来可以用新加坡护照入境，到福井的"芳泉"或新潟的"华凤"享受螃蟹和米饭，要不然在冈山的乡下旅馆"八景"长住，浸浸温泉，写写稿，日子很快就会过去。但是你不怕，人家怕你，又何必让人麻烦呢？

我最喜欢的欧洲国家是意大利，那里有享受不尽的美食，价钱便宜得不得了。但当今意大利疫情厉害过我们这里，兼锁国，还是免了。

瑞士最干净，也限制入境了，否则去住上一两个星期，每天吃芝士火锅。其他的什么都不好吃，一碟垃圾般的炒面也要卖三四百块港币，何必呢。

最近的还是中国台湾，飞一个多钟头就到了，但台湾老早就实行严格限制，我本来想去吃吃切仔面，当今只有作罢。

去新加坡吧，目前也限制入境了。想起出现"非典"那年，岳华和苗可秀要去拍戏，也被禁止外出，躲在公寓中天天向当局报告行踪，差点闷死。我刚巧护照到期，要去换一换，入境局职员听说我是中国香港来的，忽然吓得像卡通人物一般弹起，乱盖一个印，叫我马上走开。回到家后，和弟弟两人找了一张麻将桌子和一副牌，找岳华和苗可秀，四人打了个昏天黑地，他们的日子才过得了。

还可以去哪里？泰国曼谷之前宣布允许入境，但后来又说要隔离，反反复复，现在谁敢去？

对我来说，目前最想去的还是马来西亚，之前他们的政府宣布那里是最安全的，随时欢迎游客走一趟。若去玩一两个星期，天天吃榴梿，高兴得很。

昨晚才和叶一南谈起，原来他也是个榴梿痴。他问现在是不是季节，去了有没有的吃。哈哈，自从内地人爱上猫山王，泰国的金枕头已无法满足他们，猫山王的需求量大大增加，马来西亚也大量种植，接枝又改种，现在变成任何时间都有供应了。

我早就一直推广猫山王和黑刺，又到过多处榴梿园，并和园主打过交道，我向叶一南说，跟我去，一定错不了。

在马来西亚吃榴梿不只是追求味道，还要求环境舒适。我知道有个风景幽美的山庄，在青山绿水间，还有干净的小屋，可以住上一两天。

在那里专选动物吃过的果实。动物最聪明，不美不食，咬过了一边，剩下另一边的，是完美的榴梿，什么品种的都有。最过瘾的是，地点在山上，天气像秋季多过夏季。更厉害的是，一只蚊子也没有。

吉隆坡附近的吃完，再去槟城吃，那里除了榴梿，还有好吃得要命的炒粿条。粿条就是河粉，槟城的下鸡蛋、鸭蛋去炒，还添腊肠片、鱼饼片和小粒的鲜蚝，最后加血蚶，不止一两粒，一下一大把，配料多过粿条，过瘾至极。

在马来西亚旅行的好处，就是各地都可以乘汽车去，两三个小时就能到有美食的城市。在公路上行驶，遇季候风带来的巨雨，忽然天昏地暗，雨点像广东人说的"倒水咁倒"（粤语，意为像倒水一般），真是倾盆而下，相信经历过的香港人不多。

从槟城到怡保也只要两个小时，那里水质奇佳，种出的豆芽肥肥胖胖，不试过不知道有多么美味。做出来的河粉也细腻无比，更有充满膏的大头虾，可以用汤匙来吃，甜美至极。

要是住闷了，飞一个多小时就可以到越南和缅甸。在马来西亚的确是方便到周围走走，最要命的是，一切都那么便宜，便宜到你不敢相信。

有时间的话，再从吉隆坡到巴生港去，坐车一下子就到，去吃最正宗的肉骨茶。那里一个小镇就有百多家店卖肉骨茶，老祖宗传下的名店"德地"有七十多年历史，一走进去就看到肉骨茶一大锅一大锅地摆着，锅内一块块三四条肋骨的排骨像金字塔般叠着，熬出浓郁的汤来，吃过一次就没有办法回头。

行文至此，消息传来，马来西亚也成疫区，中国香港更是锁城，什么地方也不必去了。要隔离的话，还是留在香港好，至少要吃什么有什么。

准时癖

守诺言、守时，是父亲从小教我的道理。

前者很难做到，但我一生尽量守着。后者还不容易吗？先要有一个走时准确的钟表。

钟表真靠不住，习惯才是最准的。小时候看过一部叫《蓝天使》的电影，老教授每天准时上班，广场中的人士将他到达的时间与钟楼的时间对比，不差一分一秒。一天，时间到了，为什么还看不到老教授？等到他出现时，大家才知道广场上的钟楼时间快了，大家又拿出怀表来校准。

我一直想当那老教授，也一直在寻求一个完美的钟表。当年已有不必上链条的自动表，我要去留学了，父亲买了一只送我，是"积家"牌（JAEGER-LECOULTRE）的，还有闹钟功能。

这只手表陪伴了我多年，带来不少回忆，像亦舒的赞美，我喝醉了把表扔入壶中做鸡尾酒，等等，都在以前的文章中写过，不赘述了。

遗失后一直想要买回一只，近来在广告上才看到该公司已复古生产。当怀旧品，表名叫"POLARIS"（北宸）。我得知后一直想再去买一只，想呀想呀，终于忍不住，月前买了一只。

戴在手上，才知道那闹钟声并不像我记忆中的那么响，几乎听不见，也忍了。这几天才发现它忽然停了下来，秒针虽然还在走，但发神经，一下快一下慢。

记得我最后一次用机械表是看中了电管发光功能，在黑暗中可以照亮身边人的面孔，实在喜欢得要死。但这种表走不准，拿去给师傅修理，他回答说："蔡先生，机械表都是这样的，不管多名贵，一日总要慢个几秒，加起来，慢个十分八分，不算什么事。"

天呀！我这个慢一分钟都不能忍受的人，怎么可以不当一回事？友人和我吃饭，迟了五分钟不见我，马上打电话来提醒我有约会，因为他们知道我从不迟到。

还是戴回电动表去，最准、最可靠了。

"星辰"石英表准得不得了，后来更进一步，有了电波表，在世界上建几个发出电波的铁塔，每天接收电波校正时刻。而且还是光动能的，只要在有光的地方，不管是阳光或灯光，都能自动上链条。

但是在收不到电波的地方又如何？他们又推出了用GPS（全球定位系统）来对时的手表。手表本身就是一个迷你收发站，全自动调节时刻，就像iPhone（苹果手机）一样，在世界上任何角落都能显示最准的时刻。

"那么你为什么不干脆买一个Apple（苹果公司）的手表呢？连心跳也能计算出来。"友人说。

当然也买了，但就是不能忍受它的丑。乔布斯说他所有的产品都很性感，但怎么看，Apple手表都不可能有任何性感迹象，免了。

还是从柜子里拿出"星辰"，内地叫为"西铁城"的那只旧表来戴。好家伙，它一见光，即刻时针秒针团团转，一下子对准了时刻，可爱到极点。它看样子一大块，原来是用锑做的，轻巧得很。

墙上的挂钟，本来也用"星辰"的，打开盒子，拿到窗口附近一对，它自己会对准。缺点是用久了就坏，我家已坏了几个。

"你常去日本，在那边买个GPS光能钟好了！"友人又说。但是在日本买的，在中国香港用，对不准。日本电器就是有这个毛病，只产来给自己国家的人用。

还是得靠日本的电波钟，跑去香港的崇光百货，那里有的卖，是"精工"牌的，大得很，黑白两色，设计简单。

我不肯好好看说明书，请店员把它对准，一次过后，它就会自动用电波调节，显示天下最准的时刻。

电波钟挂在墙上，以它为标准来对家里所有的表，我的准时癖已经不可医治，非最准不可。当今知道一分一秒也不会错，才心安理得。

这个"精工"牌的挂钟并不便宜，要卖到三千多块港币一个。现在只在初用阶段，要是今后觉得可靠，再贵也要把家里所有的挂钟都换成这种产品。

有了天下最准时的钟表后，以为天下太平，就开始做起梦来。我的噩梦多数是大家在火车站等我，我还没有起身，一看表，只剩下七八分钟火车就要开了，赶呀赶，最后一分钟赶到时，火车提早开出。不然就是要交稿，一分又一分，一秒又一秒地过去，怎么写也写不出一个字来。种种种种，都是和不准时有关。

在现实生活中，我约了人，几乎不会准时到，只会早到，一生之中大概只有两三次让人家等。如果你是一个被我等上五分钟的人，那你今天的运气不会好。

意大利菜，吾爱

早在一九五四年，意大利餐厅Sabatini就开业了。当大家还不太会欣赏意大利菜时，Sabatini的三兄弟更跑来香港，于帝苑酒店内开了一家分店，装修依足罗马式风格，用料精美，一直开到现在。餐厅不必翻新，也不觉陈旧，反而有一种古典味道，一想到正宗的意大利菜，也就想到Sabatini。

二十世纪七十年代，经济起飞，天下菜式都云集香港，要吃什么有什么。意大利餐厅更多，因为中国菜与意大利菜始终最接近，家庭观念亦相似。

这时的意大利食肆多是美国加州牌子的，卖的都是很一般、很大众化的意粉、沙拉、比萨等，更注重健康，少油少盐。有什么意大利酒？哼哈，他们连格拉帕酒（Grappa）也没听过。

后来出现了一个"奇葩"，那就是Da Domenico。这家餐厅卖的是纯正的意大利菜，叫一碟红虾意粉来吃就知道，完全的地中海海水味，好吃得学内地人的说法，"眉毛都掉下"。

原来一切食材都由罗马空运而来，曾经听国泰航空当年的老总陈南禄说过，这家店是意大利航线的大客户，做了不少他们的生意。

食材贵，售价当然提高，但我有时觉得太不合理了，叫一尾盐焗鱼来试试，买单时简直令人咋舌。老板亚历士大概在香港吃粤菜蒸鱼时受到打击，心理不平衡，非卖得比广东佬的更贵不可。

但奇怪，投诉归投诉，要吃真正的意菜，还是乖乖地跑回去光顾，一次又一次。

亚历士的定价是有点道理的，同样的食材，他们做出来就是不一样，他是一个疯狂的天才。

接着出现的餐厅有Paper Moon、Theo Mistral by Theo Randall、Kytaly、Grissini、Nicholini's、Fini's、Cucina、8½ Otto e Mezzo Bombana等等。

都试过，都一般。吃意大利菜唯有跑去意大利吃了，三星的也好，没星的也好，那边的除了正宗，价钱还便宜得令人发笑，在中国香港吃一餐，可在那里吃几顿。

最近常去的是一家叫Giá Trattoria Italiana的店，自称"Trattoria"（饮食店），而不是"Ristorante"（餐厅），有点小馆的意思，是亲民的。

老板兼大厨詹尼·卡普廖利（Gianni Caprioli）略肥胖，满面胡子，典型的意大利人，热情如火，亲切地招呼每一个客人。如果要找中国人翻译，店里有位叫里安（Ryan）的也对当地食材及菜式了如指掌。

詹尼来港甚久，爱上这个都市，在这里落地生根，在星街也开了一家店，叫Giando Italian Restaurant & Bar，另有数间杂货店。

在这里吃是舒服的、饱肚的，三四位去吃，叫一份意粉，分量十足，老板也乐意分数小碟让每一个客人尝尝。每逢假日及周末，有自助餐，初试的客人最好由此开始。

第一次接触意大利菜的人当然首选帕尔马火腿和蜜瓜，这个组合是完美无缺的，一吃便上瘾。除了能在詹尼的店里吃到，我们还可以去他的意大利超市购买，一走进去，简直来到热爱食物者的天堂。

吃过帕尔马火腿之后，会追求质量更高的圣达涅火腿（San Daniele），香气和口感不逊西班牙产品。蜜瓜每周一由罗马空运而来，甜度恰好，更比日本静冈的来得自然。

红虾意粉店里用一种较普通意粉细，但比天使面粗的粉，吃起来没有那么硬，很像我喜欢的油面，容易入味。用料也不吝啬。如果你也爱吃，可在詹尼的超市买到一公斤装的，每周一入货。自己做，要下多少都行。

其他数不清种类的意粉，当然得配不同的酱汁，我们自己做起来费事，也不一定正宗，可买架子上的青酱（pesto sauce），味道多得不得了。我爱吃的羊肉酱（lamb ragu）也一包包等你去买。

友人李宪光最爱吃八爪鱼，这里粗的细的都有。大家以为八爪鱼很硬，其实地中海的特别柔软，在火上烤它一烤，或者用橄榄油煎之，即可食。除了八爪鱼，他们也卖小鱿鱼和小墨斗鱼，同样一点也不硬，而且香甜得要命。

另一种李宪光喜欢的食物是乌鱼子。把意粉煮好，刨大量的乌鱼子碎铺在上面，不够咸可加鱼露。以为乌鱼子和鱼露只有台湾人或潮州人吃，就大错特错了。

各种贝类也齐全，用白酒煮开后加大量大蒜，香甜无比。做意大利菜，食材用得正宗的话，是很难失败的。

再简单点，在店里买一盒Conca牌的马斯卡彭软芝士（Mascarpone），配有油渍的小咸鱼当小食，再来一杯Grappa di Brunello di Montalcino，空肚子喝，即醉，是一个懒洋洋下午的开始。

"看你卖的价钱，你是有良心的。"我向詹尼说。

他走过来，紧紧地抱住我。

包饺子

疫情时期，大家闲在家里发闷，我倒是东摸摸西摸摸，有许多事可做，嫌时间不够用。消磨时间的方法之一是包饺子。包饺子包括包云吞、包葱油饼、包小笼包、包意大利小饺子等等，数之不尽，玩之无穷。

一般应该从擀皮开始，我知道用粗棍子把皮的边缘压薄一半，合起来才是一张皮的厚度，煮完热度刚好。但我这个人粗暴，性子又急，不介意买现成的皮来包。

到菜市场的面摊去买，五块十块钱，就可以买到一沓，拿回家就可以开始制馅了。自己做有个好处，就是喜欢什么做什么，超市买来的冷冻品永远不能满足自己的口味。

主要的食材是肉碎，去肉贩处买肥多于瘦的猪肉，包起来才又滑又香，加上切细的韭菜或葱，就可以开始包了。为求口感的变化，我会加入拍碎的马蹄、黑木耳丝，咬起来才脆脆的，甚为过瘾。若市面上找不到马蹄，可用莲藕代之，没那么甜而已。最后添大量的大蒜，拍扁后切碎。

调味通常用盐，没有信心的人可加味精，骗自己则撒鸡粉，其实也是味精。我不知道为什么大家那么害怕味精，只不过是从海草中提炼出来的东西，不撒太多也应该不会口渴，但我心理上总是觉得这样做菜太取巧，自己是不加的。我甚至连盐也不撒，打开一罐天津冬菜，即可混入肉中，也已够味。

各种食材要混得均匀，可戴个塑胶透明手套搓捏，我觉得又不是打什么牛肉丸，不必摔了又摔，食材不烂糊，带点原形更佳。

怎么包呢？我年轻时在首尔旅行，首次吃水饺，那里的山东人教我，将皮边缘涂些水，双手一捏，就是一只。当然，折边更美。如果再要求美观，网上有许多短片，教你五花八门的包法。

我嫌烦，包给亲友吃还可以多花功夫，自己吃就随便一点。最快的方法还是买一个意大利的饺子夹，放入皮，加馅，就那么一夹，即成。

这是包饺子专用的小工具，云吞的话还是手包方便。看到云吞面铺的师傅拿一根扁头的竹匙，一手拿皮，一手舀馅，就那么一捏，就是一只，但自己永远学不会。

当然喜欢北方的荠菜羊肉饺，或学上海人包香椿，但我要有变化才过瘾。只用肉还是单调，最好加海鲜，通常我包的一定有些虾肉。也不必学老广（一般指广东人）一定要用河虾，海虾也行，太大只的话，可拍扁碎之包馅。

如果在菜市场看到有海肠，我也买来加入馅中。青岛人最喜欢以海肠为馅，不然就是海参、海蛎、海胆，什么海鲜都可以拿来包。我有时豪华一点，还用地中海红虾呢。

去到日本，不常见水煮饺子，他们所说的饺子，就是锅贴而已。用大量的包心菜，下大量的蒜头，他们的馅就是那么简单，所以吃完饺子，口气很重。

到拉面店去叫饺子，不够咸，但他们是不供应酱油的，一味是醋。说到这里，我是一个总不吃醋的人，所以在拉面店很少叫饺子，我最多点意大利陈醋，它带甜，还可以吃得下。

饺子传到意大利后，做法也变化无穷。最成功的是他们的Tortellini（意大利云吞），一只只像纽扣那么大，我们的怎么做都不肯做得像他们的那么小。味道也真不错，如果你爱吃芝士的话。功夫花多了，卖价也是我们水饺的好几倍。

他们怎么包呢？先擀好一层皮，用带齿的小轮切成方块，再把馅一点一点放在上面，卷成长条，再把左右两头一卷，蘸点水，贴起来，即成。样子与我们包的一模一样。意大利妈妈才肯下那么多功夫，经过三星级大厨一包，更让所谓食家惊叹不已。我认为这是笨蛋做法，偶尔食之则可。

水饺、锅贴都应该是平民化的食物，没什么了不起，填满肚子就是。北方人还不咬嚼，一下子吞入，吃个五十只，面不改色。

拜赐于超市，当今水饺已是一包包冷冻了卖，煮起来也方便，不必退冰，就那么直接抛进滚水中就是。用三碗水煮法：水沸，下一小碗冷水；再沸，下另一碗；三沸，下第三碗。第四次水滚时，水饺就熟了。

我们自己包饺子，吃不完也可以放在冰格中，根据自己的食量分成小包。云吞的话，我可以吃二十只左右。水饺皮厚，我只能吞八只，每次八只八只分开放进胶袋，丢入冰格中就是。

买了那个意大利饺子器之后，我一有空就包饺子。本来想按照丁雄泉先生的做法，下大量长葱，包起来像山东大包那么巨型，但是用饺子器只能包小的，长葱也用不上。改用青葱，切葱之后，拌以大蒜碎，撒点盐和味精，其他什么都不加。一个个包好后，吃时把平底锅加热，下油，一排一排地摆好，加点面粉水在锅底，上盖，煎至底部微焦时，起锅。一排排的葱油锅贴上桌，好吃又漂亮，你有空不妨做做看。

单口相声

越来越不喜欢美国，除了他们的好莱坞电影、爵士音乐和Netflix。

也很受不了西部牛仔式的美国腔英语，不管多美的少女讲出来，都感到刺耳。

最佩服的是他们什么都可以拿来开玩笑，连总统也可以公开讽刺，这是世界上任何一个国家都做不到的。

单口相声是美国人的一大专利节目，其他地方的人很难模仿，要有很高的智慧才能享受得到，也需要对美国流行文化有很深的认识。

很多单口相声演员，一出来就嘲笑特朗普，他的口音、他的手势、他的神情等，都最容易模仿。学得最像的是亚历克·鲍德温（Alec Baldwin），他的讽刺还常被当成新闻来播出。另外还有达雷尔·哈蒙德（Darrell Hammond），模仿特朗普已是他的终身职业，其表演也被用来制作电视专题。

深夜节目的主持人詹姆斯·科登（James Corden）、斯蒂芬·科尔伯特（Stephen Colbert）一出场，必先讽刺特朗普一下。他们的样子不像特朗普，但是声调却能扮得一模一样，这实在需要才华。

另外一个冒牌特朗普是特雷弗·诺厄，这个从南非来的喜剧圣手在二〇一五年接手了热门节目《每日秀》。观众并不看好他，因为原来的主持人乔恩·斯图尔特（Jon Stewart）太过深入民心，大家以为没有一个接班人可超越他。

可是，特雷弗渐渐显出他的才华，曾饱受种族隔离之苦的他道出了无数民族的辛酸，而美国都是由这些外来人民支撑下来的。

特雷弗很有眼光，他看中了华裔单口相声演员钱信伊（Ronny Chieng）。钱信伊原是马来西亚华裔媒体人，他同样在西方社会饱受歧视，故将本身的经验化为深度的讽刺。看着他一步步地成长，实在令人欢慰。目前，他已有个人的舞台表演，拍成节目后在Netflix播出，非常好看，不容错过。

表演单口相声不是一个容易做到的行业，需要急智，也需要超人的记忆力。演员们一个人站在台上，一说就是两个小时，能做到的人并不多。

佼佼者还有兰尼·布鲁斯（Lenny Bruce）、路易斯C.K.（Louis C.K.）等等。当然，别忘记伍迪·艾伦（Woody Allen）和史蒂夫·马丁（Steve Martin）等电影明星都是这行出身的。

所有的单口相声演员中，最厉害的还是罗宾·威廉姆斯（Robin Williams）。此君学谁像谁，说笑话像是他身体的一部分，开口成章，任何严肃的场合，只要他一出来，即刻上演一场停不了的闹剧。

他用的材料是无穷尽的，而且一层又一层推进，加上身体语言，已经进入疯狂状态。很多学者分析他一定是在可卡因药物的影响之下才能做到如此，但更多人相信他有天生的才华，一触动了就不可休止。

印象最深的是他和一个叫斯蒂芬·弗赖伊（Stephen Fry）的英国演员一同出场，最初乖乖地坐在弗赖伊身边，插不进嘴，因为弗赖伊自称是位学者，又不苟言笑，同时还是个同性恋者。过了一阵子，威廉姆斯终于忍不住，弗赖伊说的严肃学术题材他总可以鹦鹉学舌式地模仿，再加入自己独特的惹笑发言来抢镜头，但笑料不低俗，弄得弗赖伊啼笑皆非。

这个片段在YouTube（优兔）上还找得到。其实威廉姆斯的众多演出已成为经典，都可以从网上找来重温，是一流的视觉和听觉上的享受。

可以和威廉姆斯匹敌的，有理查德·普赖尔（Richard Pryor），大家都知道他要靠药物才能上台，有次还因用旧的吸食器爆炸而受伤。其他黑人单口相声演员有克里斯·罗克，还一直在表演；凯文·哈特也是成功的一个。还有已被遗忘的埃迪·墨菲（Eddie Murphy），最近他东山再起，但拍的《我叫多麦特》并不好笑。

女性单口相声演员也不少，出名的有琼·里弗斯（Joan

Rivers）、菲莉斯·迪勒（Phyllis Diller）等，都已是老牌演员了。新出来的有埃米·舒默（Amy Schumer），她拼命搞笑，但并不是天才，所拍的电影也都失败。

较为突出的是《周六夜现场》的成员克里斯汀·威格（Kristen Wiig）、安娜·加斯泰尔（Ana Gasteyer）和瓦妮莎·拜尔（Vanessa Bayer）。黑人女演员有莱斯莉·琼斯（Leslie Jones），她在节目中经常勾引报新闻的科林·约斯特（Colin Jost），简直是他的噩梦。

但最疯狂的应该是凯特·麦金农（Kate McKinnon），她从前经常扮希拉里，很像。其实她什么人都模仿，令人留下印象的还有学贾斯汀·比伯（Justin Bieber）卖底裤的广告。她也经常调戏她的对手塞西莉·斯特朗（Cecily Strong），捏捏她的乳房，但不猥亵。

对单口相声表演者来说，最难对付的是一群不笑的观众，这时要破冰，只有用粗口或性行为来开玩笑。当今观众喜欢俗，也没有办法，但出到这一招，已是最低限度，也是最有效的了。

一定需要观众的反应，表演者才越说越有信心，也越说越好笑。近来受疫情影响，大家只有在家里做节目，真奇怪，即便是高手，也搞不出笑料来。

为《倪匡老香港日记》作序

施仁毅兄的丰林文化公司出版倪匡兄的新书，嘱我作序。

我在南洋时，倪匡这个名字就已如雷贯耳。我读过他用许多笔名写的文章，多数发表在《蓝皮书》这本杂志上。

后来我去日本留学，半工半读，替邵氏电影公司当驻日本办公室经理，工作的大部分内容，是检查电影的拷贝。那时候中国香港并无彩色冲印，一切片子都要靠日本的东洋现像所（日本的一家电影胶片冲印公司）。印好的菲林（胶片），我们行内的术语就叫"拷贝"，是"copy"的译音。一部片子最少要印几十个拷贝，版权卖到东南亚及北美，拷贝总量可达数百。

因为对工作认真负责，每印好一个拷贝，我就得看一次，检查颜色有无走样，字幕与戏中人的口型能否对应，等等。这么一来，每部邵氏电影我都看得滚瓜烂熟，而且每部片的编剧都是倪匡，没见过本人，当然对这个人充满好奇。

二十世纪七十年代，邹文怀离开邵氏，独立组织嘉禾公司，我被邵逸夫调回香港，坐上"直升机"，代替他当了制片经理。

当年的邵氏片场简直是一个城区，里面什么都有。我被安排住进宿舍，二千平方英尺左右的面积，一厅二房，这对我这个住惯东京小寓的人来说，算是相当豪华。

对面住的就是岳华了。早在他去日本拍《飞天女郎》那部片子时，我们便认识。他好学，在电影圈算是一个知识分子，我们谈得十分投机。

岳华第一个介绍我认识的人是亦舒，也就是倪匡的亲妹妹。当年她的文章已红遍香港，她也在邵氏的官方杂志《南国电影》和《香港影画》上写文章，是编辑朱旭华先生的爱将。

亦舒出道得早，充满青春气息的她留着发尾卷起的发型，印证了"十七八岁无丑女"这句俗语。她时常生气，留给我的印象像是《花生漫画》中的露西，对任何事都抱怨，一肚子不合时宜的想法。但很奇怪，她对我特别好，可能是我也喜欢看书的关系吧。

"你来了香港，有什么事想做的吗？"她问。

正中下怀，我第一个要求就是："带我去见你哥哥倪匡。"

"包在我身上。"她拍拍胸口。

星期天大家放假，她就驾着她那辆"莲花"牌的小跑车，我坐在她旁边，岳华自己开另一辆车，三人一起到了香港海边的百德新街的一座公寓。

当年还没有填海，亦舒说倪匡兄一家要买艇仔粥当消夜时，可从三楼由阳台上吊下竹篮子向海上的艇家买，画面像丰子恺的漫画一样。

门打开，倪匡兄"哈哈哈哈"大笑四声，说："你来之前已听过很多关于你的事，没想到你人长得那么高。快进来，快进来。"

后面站着的是端庄的倪太，还有一对膝盖般高的儿女，姐姐倪穗，弟弟倪震，都长得玲珑可爱。

住所蛮大的，但已堆满了杂物，要逐样搬开才能走得进去。我最想看到的是倪匡兄的书桌，不摆在书房里，而利用客厅。书桌上也堆满杂物，其中最多的是收音机，放着的吊着的，有七八个之多。

沏好龙井走出来，倪匡兄口边担住了一根烟，他说："从刷牙洗面开始就要抽，一天四包。"

是的，书桌旁边的墙上一角已给烟熏黄。

烟多，收音机多，还有贝壳多。倪匡兄说："已经不够放了，我租了一个单位，就在楼上，用来放贝壳。"

坐在沙发上，大家聊个不停。倪匡兄问了我的年龄和经历之后，向我说："改天有空印一枚图章给你。"

"什么，你也会？我最爱篆刻了。"我说。

事后，他答应我的事都做到了，我收了他一枚图章，印文写着："少年子弟江湖老。"

"肚子饿了，先去买东西，吃饱了就买不下手。"他一说，两个小孩子欢呼，我们一群人浩浩荡荡地走进大丸百货的食物部。

大丸百货挤满了人，当年还设有音乐，客人一面跟着哼歌，一面购买。倪匡兄看到什么买什么，像是不要钱似的，可乐一买就四箱，其他的都堆满在我们五个大人的车里面。他说："赚了钱不花，是天下大傻瓜，你看多少人死时还留那么多财产，花钱真是难事！"

从此学习，倪匡兄的海派出手风格完全符合我的性格，第一次见到他，我学到宝贵的一课。

临别时，我忍不住问亦舒："为什么倪匡要用那么多个收音机？"

亦舒笑了："他不会转台，要听哪个台，就开哪个收音机。"

其他妙事，请看新书。

电影主题曲

我在社交平台微博上有一千多万位网友，他们都常和我交谈，但并非每一位都可以直接来问我问题，要经过包围着我的一群"护法"，把问题精选后才传给我。

这么做可以预防所谓"脑残"来干扰，清净得多。我也照顾到网友的一些不满情绪，每年在农历新年前开放微博一个月，大家都可以直接与我对话。

这次因瘟疫，在家时间多了，就一直开放下去，至今也有四个多月了吧，任何琐碎事都聊。网友们说我谈得最少的是音乐，听觉上的享受于我而言没有视觉上的那么强烈，音乐固然喜欢，但电影还是我最喜爱的。不过在这段时期，可以和大家分享音乐，每天选一首我喜欢的歌。而我爱听的，莫过于电影和音乐结合的主题曲了。

首选的是《北非谍影》（又名《卡萨布兰卡》）的主题曲*As Time Goes By*（《任时光流逝》），戏里面由黑人歌手杜利·威尔逊（Dooley Wilson）高歌。看过这种雅俗共赏的电影，有谁能忘记这首歌呢？后来更有无数歌手唱过，包括弗兰克·西纳特拉（Frank Sinatra）、洛·史都华（Rod Stewart）等等。

忘不了的是《金玉盟》的主题曲，大家可以听到许多歌手和乐队演唱的版本，当然要听原声也可以找到。当今有一个叫Spotify的音乐服务平台，用它能找到各种版本。电动车特斯拉（Tesla）最亲民，Spotify已是其附属软件。很多人都唱过《金玉盟》的主题曲，当然唱得最好的是纳京高（Nat King Cole）。

《绿野仙踪》的主题曲由朱迪·嘉兰（Judy Garland）唱出，这首歌已经代表了她，一谈起这个人，不会不提起这首*Somewhere Over the Rainbow*（《飞越彩虹》）。她实在唱得太好、太有个性，后来的歌手都不敢模仿了。

有时候，某些歌不是为了一部电影而作，但是和剧情一配合，一擦出火花，大家就都不会忘记。像《人鬼情未了》中用了*Unchained Melody*（《奔放的旋律》），现在一听到这首歌，脑海里的画面就是女的在做陶艺，男的从背后搂住她。大家都不知道最早把这首歌唱红的三个歌手分别是莱斯·巴克斯特（Les Baxter）、阿尔·希布勒尔（Al Hibbler）和罗伊·汉密尔顿（Roy Hamilton），只记得"正义兄弟"组合（The Righteous Brothers）唱的版本。其实，这首原名Unchained的歌，是为一九五五年的同名电影（该电影的中译名为《牢狱枭雄》）而作，这是一部描述牢狱生活的电影，和爱情或鬼一点关系也没有。

拜赐于《生死恋》，许多外国观众才知道中国香港这个地方。电影改编自华裔作家韩素音的自传，描述了一个美国记者与一个女医生的爱情故事。电影把清水湾和太平山顶的画面拍得非常美丽，其主题曲就吸引了大批游客，尤其是日本人来到中国香港，功德无量。

每年的亚太影展中，哪一个国家获得最佳电影大奖，大会就奏哪一个国家的国歌。有一年由中国香港得到大奖，大会的乐队要奏什么？《义勇军进行曲》吗？香港还没有回归！《天佑女王》吗？好像不应该全给英国人沾光！结果大会乐队奏起了《生死恋》的主题曲，大家都大声地拍起掌来。

老一辈的观众也许会记得一部叫《画舫璇宫》的电影，在YouTube上也可以看得到。里面的歌曲不少，但让人记忆深刻的是一个黑人男低音歌手唱的插曲Ol' Man River（《老人河》），实在动听。

不管什么年龄，大家都会唱的是一首叫Que Sera, Sera（《世事不可强求》）的歌，是《擒凶记》的主题曲。这是一部悬疑片，由惊悚大师希区柯克导演，又怎么和曲搭上关系呢？因女主角是个歌星，希区柯克为了捧她的场，让她唱了这首给孩子们听的歌。结果剧情大家都忘了，但这首歌还一直被唱下去。

不管你喜不喜欢猫王的摇滚音乐，他唱的情歌总是动人心弦。*Love Me Tender*（《温柔地爱我》）这首歌本身和剧情无关，出现在一部西片《铁血柔情》中。另一首*Can't Help Falling in Love*（《情不自禁坠入爱河》）则是一部叫《蓝色夏威夷》的电影的主题曲，当年的制片人想要一些牢狱式摇滚歌曲，猫王说那是没脑筋的人写的歌，坚持用了这首，流行至今。

当然我们也忘不了《珠光宝气》（又名《蒂凡尼的早餐》）中的*Moon River*（《月亮河》），《毕业生》的插曲*Mrs. Robinson*（《罗宾逊太太》），《神枪手与智多星》中的*Raindrops Keep Falling on My Head*（《雨不停落在我的头上》），《红衣女郎》中的*I Just Called To Say I Love You*（《电话诉衷情》），等等。

也许各位还年轻，这些片子没有人看过。网友问："到底有没有一首主题曲是我们也听过的？"

有，那就是*White Christmas*（《白色圣诞》），它是一部叫《假日旅店》的电影的主题曲。你会听过，你的儿女会听过，你的儿女的儿女也会听过。

家中酒吧

瘟疫一定会过去，过去之后，第一件事就是去旅行。旅途中入住酒店，当然会去酒吧喝上一两杯。坐了下来，面对酒保，叫些什么才好，有许多人还是搞不清楚。

最容易要的是一杯海波（highball）。那是什么？威士忌加冰加苏打水，就是了。而当你扬扬得意时，酒保老兄问你要怎样的威士忌，就会把你问哑。这时候看看架子上摆的，只要你认识任何一种，指着就是。但也要强记几个牌子，不然会把白兰地当威士忌，就会出洋相。

喜欢旅行的人，吃完晚餐总会到酒吧泡泡，知道怎么叫一两杯鸡尾酒是基本常识。最普通的，就是詹姆斯·邦德常喝的干马天尼（dry martini）了，跟着来的是他吩咐酒保："摇晃，不是搅拌。"这是他喝这种鸡尾酒的常用指示。不过在《皇家赌场》中，酒保问他要摇晃还是搅拌时，他回答说："你他妈的以为我在乎吗？"

"刘伶"（刘伶是"竹林七贤"之一，嗜酒，被称为"醉侯"）们总希望家里有个酒吧，现在不能出门，是创造自家酒吧的最佳时期。这是你自己的酒吧，不必跟着大家走，喜欢喝什么酒，就多买一点，创作自己的鸡尾酒。

如果要做一杯曼哈顿（Manhattan）鸡尾酒，威士忌就要选美国的波本（Bourbon），而不是英国的苏格兰（Scotch）。两份或两盘司（一盘司约为二十八克）的波本，加一份或一盘司的甜苦艾酒，再加一两滴苦汁（内地翻译成比特酒，是蒸馏酒中加入香料及药材浸制而成的饮品，通常用来帮助消化，或治疗肚子痛）。一般常用的是安格斯特拉比特酒（Angostura Bitters），很有独特的个性，酒吧不能缺少。最后加上糖浸的樱桃，搅拌而成。

而詹姆斯·邦德喝的干马天尼则是用金酒（Gin）做底。金酒分两大派，酒保会问你要什么金酒，如果你讲不出，就是门外汉。英国派以添加利金酒（Tanqueray）为代表，你回答说"Tanqueray"就不会出错，而且非常正宗。另外一派以苏格兰西部产的亨利爵士金酒（Hendrick's）为代表，你回答说"Hendrick's"，酒保也会俯首称臣。家中的金酒，一定得藏这两种。如果你的金酒是必富达牌（Beefeater），那就平凡了。这是基本知识。

"dry martini"中的"dry"，并不代表"干"，而是"少"，一般的干马天尼是两份金酒，加一份干味美思酒（dry vermouth）混合而成。

喝干马天尼的酒鬼，通常是酒精越多越过瘾，那么干味美思酒就不必加一份，把它倒入冰中，摇晃几下，把多余的倒掉，剩下那么一点点，再用它来摇晃搅拌金酒。我常说一个笑话，今天重述一次：天下最"dry"的干马天尼，是喝着金酒，用眼睛望一下架上的那瓶干味美思酒，如果望了两下，就不够"dry"了。

你的酒吧中，一定要藏的干味美思酒有：Dolin Dry、Quady Winery Vya Extra Dry、Ransom Dry、Channing Daughters VerVino Variation One、Contratto Vermouth Bianco和Martini & Rossi Extra Dry。

对某些受不了金酒的独特香味的人来说，可以用伏特加酒来代替金酒，又名伏特加天尼（Vodkatini）。也别以为伏特加都是便宜的，DIVA特级伏特加（DIVA Premium Vodka）可以卖到一百万美元一瓶。

当然，你的酒吧不必用那么贵的伏特加。当年俄罗斯的红牌伏特加（Stolichnaya）很正宗。现在各国都出产伏特加，荷兰的坎特一号（Ketel One）最好了，酒精度可达百分之四十。波兰的肖邦（Chopin）也好喝。最流行的是法国的灰雁（Grey Goose），瑞典产的绝对伏特加（Absolute）最为平凡。

我自己的经验是伏特加既然原产于俄国，当然喝回他们的。在莫斯科旅行时，我发现苏联解体后，土豪群出，做的伏特加也越来越精美。比较下来，最好喝的一个牌子叫白鲸（Beluga），买瓶一千美元左右的就很高级了。记得把这瓶伏特加放在冰格中，它的酒精度高到玻璃瓶子不会爆裂，而且还要时常取出来淋水，让冰一层层地加厚，直到瓶子被冰包围成一团为止。这时拿一个小杯，倒上一杯，喝完之后发现还会挂杯的。

有了酒吧之后，朋友们若还是喜欢喝单一麦芽威士忌的话，先让他们喝好的，如麦卡伦陈酿，或日本名牌的，这只限第一、二、三杯。接下来，在他们已经分不出味道时，拿出威雀牌的，这种原名The Famous Grouse的威士忌，质量好到被麦卡伦酒厂看上，将它收买了。普通装的只卖到一百多块港币一瓶。

加冰、加苏打水之后，再拿出一瓶上好的雪利酒（sherry），加上那么一点点，威雀牌威士忌便像是由雪利桶浸出来的一样，已经微醉的朋友也会大叫好喝好喝。

当然，威雀牌威士忌已是便宜的了，雪利酒不能省。如果你孤寒惯了，那么勾一点绍兴酒，它的味道最接近雪利酒。想更便宜的话，喝白开水好了，没人能阻止你怎么喝，只是不想和你做朋友而已。

自制雪糕

瘟疫时期不能旅行，困在家里，日子一天天地浪费，实在不值。

这不是办法，我每一天都要创作才觉得充实，所以我每天写文章，至少也要练练书法，或向熟悉新科技的友人学习新知识。

每天要做的还有上菜市场，看看有什么最新鲜的蔬菜和肉类，向小贩们请教怎么做，然后将菜式一样一样地变出来，每餐都是满足餐。

总之，每天都学习，每天都创作，日子就变得充实，也可以告诉自己，对得起今天了。

最近天气转热，想到吃雪糕。大家都知道我是一个雪糕迷，市场上有什么新款的，都会买回来吃。哈根达斯的雪糕，家里冰箱中常有，但是吃了一点也不满足，它最好的产品是日本做的"Rich Milk"，因为把牌子卖给了日本制造商，准许他们自创。日本公司做的这种雪糕，牛奶味浓厚到极点，还有一种红豆的也非常好吃。但这些大量制造的雪糕满足不了我，还是手制的好。

至今为止，我吃过的最好吃的雪糕是网友波丽安娜（Pollyanna）亲自做给我的，软绵得似丝似棉。忽发奇想：为什么不自己做呢？在这段日子里，除了可以消磨时间，还能享受到自己喜欢的口味。

思至此，即刻动手。

雪糕的制作原理，是把牛奶和忌廉（淡奶油）混合，放进一个大铁桶里面，桶外用大量的冰包围着，越冷越好。再将牛奶和忌廉搅拌，久而久之，就变成雪糕。这是我们小时候向小贩买的最原始的雪糕。

明白了原理之后，我到店里去买了一个雪糕机。所谓雪糕机，是一个有厚壁的桶，把这个桶放进冰箱的冰格中，冻它一夜，才可以拿出来用。

将牛奶和忌廉放进桶内，雪糕机的另一个部分是电动搅拌器，在不停的搅拌之下，牛奶和忌廉越来越稠，加上桶壁是冰冷的，雪糕就慢慢地形成了。

为什么一定要加忌廉呢？

"忌廉"这个词由"cream"音译，加上一个"冰"（ice）字，就是雪糕，就是冰激凌。

忌廉是什么东西？忌廉其实是牛奶的皮，把牛奶打发之后，浮在上面的那层浓稠的东西就是忌廉了，做冰激凌不能缺少。

忌廉打发之后，里面就充满泡沫，便会变得软绵绵。根据这个原理，忌廉加上鸡蛋黄打出来，用筛网隔出细粒和杂质，雪糕就更香了。这是欧洲式的雪糕的做法，美国式的是不用鸡蛋的。

买了这个雪糕机，每次做完冲洗起来，非常麻烦。这时，它又像其他搅拌机、打磨机、切碎机、榨汁机一样，被堆在杂物房中，从此不用。

这时才开始发觉手制的好处。如果不用雪糕机，能不能做雪糕呢？

又不是火箭工程，失败几次就能成功，我开始用最原始、最简单的材料和手法来亲手制作雪糕。

忌廉是缺少不了的，在任何超市都能买得到。这是第一种原料，另外一种是炼奶，什么牌子的都行，香港人熟悉的是寿星公炼奶。

用手把忌廉拼命打发之后，发现它越来越浓稠，这时加一罐炼奶进去，再打发均匀，放进一个容器拿到冰格冷冻。冻个半小时之后，开始成形，这时又拿出来搅拌，再次冷冻。重复三次，就可以不用雪糕机也可以自制冰激凌。

不过，你如果连这种简易的方法都嫌烦的话，以我自己制作雪糕的经验，有一种不会失败，又不用雪糕机的最易、最简便的做法。

你需要的当然有最基本的忌廉，加上炼奶，充分拌匀之后，放进一个密封袋中。密封袋买质量最好的"佳能"牌（Glad）的好了，它有双重的锁紧功能，不会漏出去。如果用低质量的，一漏出来就一塌糊涂，前功尽弃。

先用一个小袋，倒入忌廉和炼奶，封紧之后，放进一个大袋里面，同时加入大量的冰块，最后封紧。再死命大力地摇晃，不能偷懒，摇了再摇，再摇后又再摇，摇至小袋中的忌廉和炼奶开始硬化。这时，你的自制雪糕就完成了。

做法一样，但材料千变万化。加进抹茶粉，就能做抹茶雪糕；加入豆腐，就能做豆腐雪糕。全凭你的想象力，天马行空。

只要你一动手，就会发现自制雪糕原来可以如此简单；等到你加入种种你喜欢的食材，就会发现自制雪糕原来可以如此美味。想吃硬一点的，就要摇晃久一点；要吃软雪糕的话，更是省下不少工夫。

开始做吧！

大家一起自制雪糕！祝你成功。

活在瘟疫流行的日子

"自我隔离的这段时间做什么好呢？"很多网友都问。

"有什么好过创作？"我回答。

"但我们都不是什么艺术家呀！"

"不必那么伟大，种种浮萍，也是创作。"

在钢筋大厦的森林中，浮萍去哪里找？说得也是，不如把家里吃剩的马铃薯、洋葱和蒜头统统拿来浸水，一天天看它们长出芽来，高兴得很。

好在我年轻时在书法上下过苦功，至今天天可以练字，越写越过瘾，每天不动动笔，全身不舒服。写呀写呀，天又黑了。

写好的字拿到网上拍卖，也有人捧场。

玩个痛快，替网友们设计签名，中英文皆教。也不是自己的字好，而是看不惯年轻人的鬼画符（指潦草难认的字迹），指导一下，皆大欢喜。

微博这一平台不错，网友我一个个赚来，至今也有一千多万个粉丝。本来一年只开放一个月，让大家发问，这次困在家里，就无限制了。年轻人问问苦恼事，一一作答，时间也不够用。

喜欢的电影是什么？早已回复。当今问的是音乐，这方面我甚少涉及，就大做文章，从我喜欢的歌手开始，每人介绍一曲，引起了网友们对这个人的兴趣，就去听他们别的作品。

勾起很多回忆，像我刚到香港时的流行曲，是一首叫*Sealed With a Kiss*（《以吻封缄》）的歌，由布赖恩·海兰（Brian Hyland）唱出，那是一九六二年的事了。这段日子这首曲子不停地在我脑海中出现又出现，也不管他人喜不喜欢，就介绍了。

很多人的反应是低级趣味，又嫌是老歌，怎么说都好，我才不管，喜不喜欢是我的事。如果年轻人细听，也会听出当年的歌星都经过丹田发声的训练，歌声雄厚，不像现在的歌星唱一句吸一口气，像痨病患者多过演唱者。

大家躲在家里时，我还是照样上街，当然不可妨碍到别人，口罩是戴上的。一回到车上即刻脱掉，不然会把自己闷死。

钟楚红来电说聚会，到了那里才知道是她过生日。多少岁我不问，反正美丽的女人是不会老的。

请我吃饭最合算，我吃得不多，浅尝而已。酒照喝，也不可能像年轻时那样一喝就半瓶烈酒。

一说喝酒，又想起老友倪匡兄，他最近得了一个怪病，腿部长了一颗肿瘤，动了手术。

他老兄乐得很，说是一种很奇怪的病，只有专家看了才知道是种皮肤癌，普通的医生还以为是湿疹。我本来想请他把病名写给我，后来觉得无聊，也就算了，反正这是外星人才会染上的，说也无益。

这段时间最好是叫外卖，但我宁愿自己去取，打包回来慢慢吃。常去的是九龙城的各类食肆，偶尔也想起小时候吃的味道，就爬上皇后街一号的熟食档，那里有一摊子卖猪杂汤，叫"陈春记"，非吃不可。

老太太已作古，当今由她女儿和女婿主掌，味道当然不可能一样。早年的猪肚是把水灌了又灌，灌到肚壁发胀，变成厚厚的半透明状，爽口无比。做这门功夫的肉贩已消失，总之存有一点点以前的痕迹，已算有口福。

店主还记得我虽喜内脏，但不吃猪肺，便改成大量的猪红。想起新加坡有一食档也卖猪杂，挑战我说他们的产品才是最正宗的，我不服气去试。一看碗中物，问猪红在哪里，对方即刻哑口无言。原来新加坡政府是禁止人民吃猪血的，不但猪血，鸡血、鸭血什么血都不可以卖，这怎么做出正宗的猪杂汤来？

接着到隔几家的"曾记粿品"，这里除了韭菜粿之外，还卖椰菜粿，那是高丽菜（卷心菜）包的。

可惜没有芥蓝粿。想起当年妈妈最拿手，结果去菜市场买了几斤芥蓝，自己做，在家里重温家母美食的味道，乐融融。

做菜做出瘾来，什么都试一试。我最爱吃面，尤其是黄色的油面，拿来炒最佳，可下鸡蛋、香肠、豆芽和虾炒之。把家佣的那瓶印尼甜酱油（Kecap Manis）偷过来淋上，不必下味精也够甜。说起这甜酱油，最好还是买商标有只鹈鹕的Bango牌的，其他的不行。

说到炒面，又有点子，可以号召网友们来个炒面比赛，得奖的送一幅字给他们。这么一来，花样又多了。

这段时间又重遇毛姆的小说，不只《月亮和六便士》《刀锋》，还有其他繁多的作品，统统搬出来看，又有一番新滋味。

还有连续剧和旧电影，看不完的。

日子怎么过？

太容易过！

疫后旅行

好像看到了一点点曙光，喜欢旅行的香港人都摩拳擦掌，准备瘟疫一过，马上出门。

到哪里去呢？

意大利倒是可以考虑的。那边的情形坏过我们这里，一到了必受欢迎，但是也得观察一阵子，才好动身去大吃白松露和其他美食。

澳大利亚和新西兰互相有通道，先让他们两国玩一阵子再说吧，当今外来者还是不受欢迎的。

其他地方就算可以不受隔离，去了也会遭受白眼。我们是去花钱的，干吗受这种老罪？

若能安定下来，还是到马来西亚最佳，大啖猫山王榴梿，吃美妙的河鱼、炒粿条、肉骨茶等等小吃，是一大享受。那边的人对我们大有好感，歧视这件事是不会发生的，我一等到开放，即前往。原答应过去开书法展的，一切已布置妥当了，就是得等到不受隔离的时候。

最理想的还是去日本。日本靠游客，为了要做生意，一定最先开放，但是日本人私底下带着敌视眼光，还是不值得。那怎么去呢？去哪里呢？

跟着我先到福井县好了。那边有一家我非常熟悉的温泉旅馆，叫"芳泉"，老板娘和我已是多年好友，说是我介绍来的，一定大受欢迎。

这段时间，我一直看到她在脸书上发消息，说休息了一阵子，但没有停过，还在招兵买马，聘请了多个服务生和新厨子，每天训练。

房间也大装修，她说在没有生意做的时候，做这些待客的准备工作最好。我看着她天天在亏本，但从不气馁，尽量把质素提高。

老板娘这一代已是第二代，儿子娶了媳妇，她也训练儿媳妇今后接班。儿媳妇人长得漂亮，又非常谦虚，是一块做老板娘的好料子。

老板娘的妈妈，第一代老板娘也一直在店里面看着。上次去时，我抽空请她去吃鳗鱼饭，她说好久没出去过，感激得很，说下回由她请客。

有了这三位老板娘的服务，招呼客人一定没有问题。我们已经是熟客，更不会发生歧视现象。加上旅馆有一专门服务高级客的别庄，叫"个止吹气亭"，每一间房都有私人温泉浴室，浸一个饱绝对没有问题。喜欢大浴室的话，旅馆共有两大池，非常舒服。

福井是吃越前蟹最好的地方，当今可能不是季节（每年十一月到翌年三月才是解禁期），但其他海鲜，像三国甜虾和各种刺身还是第一流的。

老板娘会花尽功夫安排旅馆大餐，生烤野生鲍鱼和龙虾刺身可以代替螃蟹。如果能去得成，她说可以随我们，喜欢吃什么供应什么。当然，除了旅馆大餐，我也会安排大家去吃最好的鳗鱼饭。

中午，可到海边去吃海胆。福井的海胆个头小，但非常甜。市内有一家专门做海胆产品的名店，已开了三百多年，在那里大家可买到盐渍的海胆，是日本三大名产之一。其他两种是海参肠和乌鱼子。

福井的日本酒"梵"，已是跟随着"十四代"（一个清酒品牌，被誉为日本第一清酒）的绝佳清酒，以价钱而论，绝对值得喝。我们当然也可以去参观它的制造厂，老板和我已是老友。

福井是百去不厌的，从大阪去，乘"雷鸟号"火车，不到两小时即到达，舒服得很。回到大阪，又去吃"一宝"的天妇罗。这也是我熟悉的铺子，他们会把在东京分行的师傅调去，专门为我们做出最高级的料理，也会受到最高级的招呼。

入住的丽思卡尔顿酒店，我去得多了，像是回到家里。也绝对没有歧视这回事，他们做我的生意多年，已把我当老爷那么拜。

如果说福井去得太多，就去新潟。这个县城我也熟，要吃最高级的大米，非到新潟不可。米好，酒一定好，老牌子"八海山"当今致力创新，各种冰藏的佳酿可让我们喝个不停。到"八海山"参观时，可吃到他们的软雪糕，是我至今吃到的最软、最美味的。

新潟的著名旅馆——位于月冈温泉街的"华凤"，也是我常去的，不会有歧视的现象发生。到那里，打着蔡澜推荐的旗号，一定给面子。

大家一起出入最高级的地方，别再像一般旅客般扎堆，买东西则去高岛屋等著名的百货店，不必去心斋桥一类的观光点了。

到了大阪，顺便去京都好了。我上次住的丽思卡尔顿酒店就在市中心，走几步路，什么都有，小住个几天，去二条的"一保堂"喝杯玉露茶。还有数不尽的高级怀石料理店，在那里会得到我们应该得到的招呼。这才叫旅行。

疫后旅行·台湾篇

刚写完《疫后旅行》，说了要去马来西亚和日本，那天和叶一南聊起，才发觉忘了还有中国台湾。待瘟疫一过，即动身。

去台湾，语言相通，不必参加什么旅行团，三两知己，约好了就上路，轻轻松松。从台北到高雄，乘高铁一下子就到，不然租辆七人车，边走边吃，也是乐趣。

吃些什么？台湾人是最会处理内脏的，他们勤劳，内脏洗得干干净净，做起来一点异味也没有，只有本身的香气。所以去台湾，必得吃所有的内脏，这也只有我们这一群不怕胆固醇过高的人才有资格享受。

在台北吃，就先去一家叫"高家庄"的，那里的红烧大肠一吃，即刻上瘾，已经不能用文字形容它的美味。再来点一客（一人份）沙拉鱼卵，吃个痛快。

翌日一早，去"卖面炎仔·金泉小吃店"吧，那里有我最爱吃的切仔面。切仔面的"切"字和面的品种没有关系，来自台语发音。用两个尖碗状的竹笼，把面放进其中一个，用另一个压住，放进滚水中滚，煮时晃动，发出"切、切"的声音，故称之。

面会配上白灼猪肝、烟熏鲨鱼肚、腰只（猪腰）、大肠等等，都是一片片切出来，所以有些人说切仔面的"切"字，来自把食材切片。土生土长的人叫它为"黑白切"，乱切一通的意思。

如果把鸭舌也归于内脏的话，"老天禄"的鸭舌一吃，至少可吃上三四十条。最美味的部分是舌尖，再来啃连着的两条舌根，肉少得不能再少，但更有滋味。

除了鸭舌，还有鸭心、鸭肫、鸭肠。有些人说这家店已大量生产，其他店有更好的，但我认为烂船也有三斤铁。我看到店里分台湾舌和北京舌，问怎么分别，北京舌难道由北京运来？老板蔡先生笑着回答："北京烤鸭中拔出来的。"

蚶仔也非吃不可，做得好的地方专选肥肥大大的，让滚水一烫之后，即用大量蒜头和酱油去腌，鲜美无比，一吃一碟跟着一碟。朋友问要吃到什么时候才停止，我笑着说："吃到拉肚子为止。"

如果你也喜欢吃猪腰的话，千万别忘记他们的麻油腰只，简直是一绝。把猪腰切半，用利刃清除白线，洗干净，抛入冰水中冷却收缩。炒时一定要用猛火，下上等麻油，煸出烟时下猪腰，翻兜一两下，下姜丝、米酒，即成。

要是你喜欢猪肝的话，小贩们会仔细地挑出血管，用注射针筒吸满酱油再注入，酱油分布整个猪肝后蒸熟。这时候吃，才明白为什么"肝"字前面要加个"粉"字。

吃完内脏之后，轮到鱼，台湾最美味的当然是虱目鱼，台南有很多虱目鱼的专门店。所有鱼，骨头最多的当然最甜，虱目鱼全身有二百二十二条刺，台南粥店的老板是剖鱼高手，不消一分钟即把鱼分解，硬骨拿出煮汤，细骨切断，也不会伤喉。

靠近肚子的部分完全无骨，白灼或清蒸最肥美。更好吃的是鱼肠和鱼肝，带点苦，能吃上瘾。

虱目鱼个头小，内脏也不多，要吃得过瘾，总得到东港的渔港去，那里的黑鲔鱼产量颇丰。

我们吃过鱼的多种部分，但很少人能吃到鱼的内脏。原因是如果到远方的深海，渔民一抓到鱼，即刻把内脏丢掉，不然渔船回岸时鱼会腐坏。东港离海岸近，渔船当天回港，鲔鱼的内脏可以保留下来，我们可以吃鱼肠、鱼肝、鱼心脏和骨头与骨头之间的骨胶原。

这些食材本来只留给渔民自己，我们到了专卖内脏的餐厅，先把大块的鱼卵炸来吃，然后把鱼精子拿来红烧，比猪腰更滑、更美味。跟着吃鱼喉管，骨髓煮成当归汤。

到了台南，美食更无穷尽。先到"阿霞饭店"，食物有虾枣、乌鱼子、粉肠、猪腰拌酱、鸡仔猪肚煲鳖。最精彩的还是红蟳米糕，选最肥美的膏蟹斩件备用，再拌江瑶柱、猪肉碎进糯米中，铺上蟹蒸之。

不然请我的老友阿勇师傅来一餐"办桌宴"，这是全台湾最古老的吃法。当年罐头螺肉很珍贵，要开了罐头后整罐放在碟子中上桌，才证明童叟无欺，上桌的方式古老得不能再古老了。

"度小月"本店也不能不去，老板娘已成为我的好友。她坐在档边一匙又一匙地把肉酱浇在面上，吃完了才知道担仔面原来的味道是怎么一回事。

其实，食物的千变万化都是互相学习而来。台湾人很会吃鱼，有种做法值得我们借鉴。在台南庙口有一档人家卖的鱼丸是我从来没吃过的，那是把鱼丸打好后，再把鱼片切成细丝，插在鱼丸当中，像个羽毛球。吃起来有两种口感，白灼鱼片和鱼丸一起享受，那多有文化呀！

人间好玩

才值得

玩瘟疫

瘟疫流行这段时间，闷在家里，日子一天天白白度过，虽然没有染病，也被瘟疫玩死。不行！不行！不行！总得找些事来做，与其被瘟疫玩，不如玩瘟疫。

饮食最实在，一般的做菜技巧我都能掌握，但从来没做过雪糕，我最爱吃冰激凌，也就做了。时间还剩下很多，再下来玩什么呢？

玩绘画

天气渐热，扇子派上用场，不如画扇吧，一方面用来送朋友，大家喜欢，一方面还可以拿出去卖，何乐不为？

书至此，还找到一些工具。那是一块木板，上面有透明塑料片，可以把扇面铺平，然后上螺丝，把扇面夹住，就可以在上面写字和画画了。

好在还跟冯康侯老师学过写字，老人家说："会写字有很多好处，至少题自己的名字，也像样，不然画得再怎么好，一遇到题字，就露出马脚。"

我现在已会写字，再回头学画，可以说是按部就班。向谁学画呢？当今宅于屋，唯有自学，有什么好过从《芥子园画传》中取经呢？

小时看这本画谱，觉得山不像山，石不像石，毫无兴趣。当今重读，才知道李渔编的这册画谱大有学问，是绘中国画的基本模板，利用它可以学习用笔、写形、构图等等技法，体会古人山水画的精神。

也不必全照书中样板死描。有了基本功，再进行写生，用自己的理念和笔法去表现，就事半功倍了。

学习书法和绘画，都要经过一番苦功，也就是死记了。死记诗词，自然懂得押韵；死记《芥子园画传》，慢慢地，画山像一点山，画水像一点水，山水画自然学得有一点模样。

成为大师，须穷一生的本领，但只是娱乐自己，画个猫样也会哈哈大笑。

我喜欢的是树。书上关于各种树的画法都有仔细介绍，按此描摹，画一棵大树，再在树下画一个小人，树就显得更大了。

小人有各种姿态，像"高云共片心"，是抱石而坐；"卧观《山海经》"，是躺在石上看书："展席俯长流"，是在石上看水；"云卧衣裳冷"，是睡在石上看云。寥寥数笔，人物随着情景活了起来，乐趣无穷。

玩工厂

这段日子，最好玩的是手工作业。

香港人手工精巧，穷困时代就有人造胶花工业、纺纱工业等等。逐渐地，我们依靠大型工厂，小工厂搬到了其他地方。这都是因为地皮贵，迫不得已。

但是我们有手工精细的优良传统，工厂搬到别处之后，空置房屋多了，租金相对变得便宜。这令我想到，不如开一间工厂来玩玩。

二十多年前，我开始在香港手制"暴暴饭焦""暴暴咸鱼酱"等等产品，甚受欢迎。后来厂租越来越贵，唯有搬到内地去做。

咸鱼在内地难找高级的原料，虽然继续生产，但是我自己觉得不满意，一直想改进。

疫情之下，工厂的租金降低，这让我有复活这门工艺的念头。想了又想，要是不实行的话，念头再好也没有用。

一、二、三，就开始了。

找到理想的厂房，又遇上理想相同的同事，我们一点一滴开始设立小型工厂。

先到上环的咸鱼街，不惜工本地寻觅最高级的原材料。咸鱼这种东西，像西方的奶酪，牛奶不行，怎么做也做不出好的来。我们用的是马友鱼，这种鱼又香又肥，最适合腌咸鱼。我们坚信不用最好的是不行的。

马友鱼虽然骨少肉多，但一般的咸鱼拆下来，最多也只剩下六成的肉。用马友鱼制造的咸鱼酱，不必蒸也不必煎，开罐即食，非常方便，淋在白饭上，或者用来蒸豆腐，或者配合味淡的食材，都可以做成一道美味的菜馐。对生活在海外的游子来说，更可医治思乡病。

我们配合以往的经验，从头开始，在最卫生的环境下，不加防腐剂，手工做出最贵、最美味的酱料来。

工厂的一切按照政府的卫生规定设立，这么一来才能通过检查，也可以获得出口认证，将产品销售到内地去。这一切，都经过重重努力。

产品当今已做好，我很骄傲地在玻璃罐上贴了"香港制造"的标签。

现在已逐渐小量地推出。因为原料费高，又不可能卖得太贵，加之我不想被超市抽去百分之四十的红利，目前只能在网上卖。或者今后找到理想的条件，再到各个点去零售。总之，这是一件很好玩的事。

我不会被瘟疫玩倒，我将玩倒它。

玩大菜糕

童年时，南方的孩子都吃过大菜糕，有些混了带颜色的果汁，有些只打一颗鸡蛋，煮得变成云状，是我们的回忆。

我现在想起，都会跑到九龙城衙前塱道友人开的铺子"义香豆腐"买。本来很方便，但对方坚持不收钱，去多了我也不好意思，只有自己做。

最容易不过了。市面上卖各种大菜糕粉，煮熟了不放冰箱也会凝固，亲自做起来，总觉得比店里的美味。但不动手又不知其难，以前买了大菜糕粉，泡了滚水，就以为会结冻，但永远是水汪汪的，不成形。原来大菜糕粉没有完全溶解，失败了。

又不是火箭工程，我当今做的大菜糕相当美味，样子又漂亮，其实只是多做了几次，多失败几次罢了。

先买原材料。从前的杂货铺都卖比粉丝更粗的大菜丝，煮开了即成。现在大家不自己做，杂货店也不卖了。

到处去找，也必须正名。香港人以粤语叫成"大菜"，台湾人受福建影响，叫成"菜燕"（吃起来有穷人燕窝的感觉）。传到南洋，也叫菜燕，有时又倒过来叫成燕菜，总之惯用了就是。

大菜糕在日本则叫寒天，原料叫天草，做成一平方英寸（约六平方厘米）的长条，近年则多以粉末来出售。本来洋人不会用，近年也开始入馔了，叫的是印尼文"Agar-Agar"（琼脂）。当今这名词已成为国际性的叫法，去到外国食品店，用这个名字不会错。

Agar-Agar粉很容易在印尼杂货铺找到，泰国杂货铺也卖特级菜燕，但没有外文说明，怎么做只能靠经验。

除了香港的蛋花大菜糕之外，我最常做的是泰国的椰浆大菜糕，上面是一层白色的，下面是绿色的。以为做起来麻烦，原来非常容易。

买一包印尼的"燕球商标"牌（画着地球和一只燕子）燕菜精，再把不到一升的水煮滚，下一整包燕菜精，必须耐心地等到燕菜精全部溶解才能成功。

沸时顺便煮香兰叶，水会变成绿色。要是买不到新鲜的香兰，只有下香兰精了。

这时就可以下椰浆。新鲜的难找，买现成的纸包装或最小罐的罐头椰浆倒入，顺便加糖搅拌。糖要加多少随你，怕胖就少一点。

必须注意的是椰浆不能煮滚，一滚椰油就跑出来，有股难闻的油味，忌之忌之。

这时就可以放入冰箱冷却。很奇怪，椰浆和大菜的分子不同，就会浮在表面，也不会因为混了香兰汁而变绿。上下分明，大功告成。你试试看吧，这是最容易又难失败的做法，连这种功夫也不愿花的话，到店里买好了。

一成功你就会发现一个天地，可进一步做杧果奶冻和红豆大菜糕。原理是一样的，书上说的用多少大菜糕粉和多少红豆，都是多余的，全靠经验。有时过软，有时太硬，做了几次就能掌握，总之是熟能生巧。

比例试对，硬度掌握之后，食谱就千变万化了。别以为只能吃甜的，咸的大菜糕也十分美味。

咸的大菜糕一般用的是啫喱粉，即由猪皮或牛骨中提炼出来的原料，属于荤菜。大菜是用海藻提炼，属于素的，这点要分清楚，别让拜佛人吃了罪过。

咸的大菜糕混入肉汁，牛的、鱼的都行，凝固后切成小方块，加在鱼或肉上面，增添口感。

也可以添入鸡尾酒，像把香槟酒倒入切成小方块的茉莉花大菜糕中，这是何等高雅！

加水果更是没有问题。大菜榴梿你吃过没有？我最近就常做。买一个猫山王，吃剩了几颗，取出榴梿肉，混入忌廉做大菜糕，香到极点。

至于用花，最普通的是桂花糕了。到南货店去买一瓶糖渍桂花，加上大菜，放进一个花形的模子里面，做成后上面再放几颗用糖熬过的杞子。

越做越疯狂。有时我把几种不同的冻分几层，最硬的香兰大菜糕放在最下面，上面一层樱桃啫喱，另一层用什么都不加的爱玉子。这是台湾的一种特产，带有香味，可以买粉末状的来做，最好是由爱玉种子水浸后手磨出来的。它最软，可以放在最上层，最后加添雪糕。

夏天盛产夜香花，本来是放在冬瓜盅上面吃的东西，也可以用糖水焯一焯，待大菜凝固之前，把一朵朵夜香花倒头插入，最后翻过来扣在碟子上。这时夜香花像星星般怒放，看了舍不得吃。

超出常理

黄鱼卖到几千块钱一尾，这已超出常理，你去吃吧，我绝对不会当傻瓜。

一饼来路不明的普洱也要卖到天价，这已超出常理，你去喝吧，我绝对不会当傻瓜。

一顿在日本很容易吃到的怀石料理，要付五六千块钱，这已超出常理，你去吃吧，我绝对不会当傻瓜。

但是绝对有很多人肯出这个价钱。什么人呢？暴发户呀，越贵越好。

为什么引诱不到我？因为我年轻时都试过，有什么了不起呢？要这个价钱，值得吗？

我不是说凡是天价的东西都不能买。一瓶一九八二年的"滴金"（Chateau d'Yquem），由金黄变为褐色，如果你付得起，就买吧，就喝吧。这是物有所值的，外国的拍卖行不会胡来。

一尾十几万到数十万的忘不了鱼值不值钱？只是价钱忘不了，它的亲戚像苏丹鱼、丁加兰鱼、巴丁鱼等等，同样肥美无骨。而且所谓忘不了鱼，野生的几乎绝种，能买到的多数是饲养的，冰冻得像石头，吃起来一股臭腥味。大家看到了价钱，不好吃也说好吃，证明自己不是傻瓜，何必呢？

鲍参翅肚又如何？早年我们都以合理的价钱吃过两头的日本干鲍，味道好吗？好！目前天价次货充斥市场，你去吃吧。

海参做得好的话，还是可以吃的，但有多少厨子能胜任？有些师傅连发海参都不会，吃出一股腥味，不好吃。

花胶最欺人，当今市面上的都是莫名其妙的鱼肚，名字也对不上，吃了有益吗？不见得吧！

昔时的花胶可当药用，专治胃疾，但也要懂得去找，多数消费者买到的都不是正货。

至于鱼翅，为了环保，不吃也罢了。

我被请客，上桌一看这几样东西就想跑开，连蒸一尾贵海鱼我都不想吃，最多捞一点鱼汁掺在白饭中扒几口。

贵的东西如此，便宜的食材也是一样。一打起风（打风，粤语，意为刮台风），芥蓝菜心贵出几倍来，值不值得去吃？不涨价的洋葱也可以吃上几餐，何必和别人争呢？

"你都试了，可以说风凉话，我们呢？"小朋友问。

是的，人的欲望是无穷尽的。鱼子酱、黑白松露、鳗鱼苗、鬼爪螺等等，未到千般恨不消，吃过了才可以说原来如此。

但当今都已卖到天价，谁吃得起？皇亲国戚、地产商吃得起。他们眼中的千百万美元，不过是我们的三五千块港币，这些人吃得起，但他们未必懂得吃，舍得吃。

抗衡这些欲望，只有靠"知足"二字。

偶尔犒赏自己是应该的，不然做人做得那么辛苦干什么？穷凶极恶地吃就不必了，也会吃出病来。

人生到了另一个阶段，就会还归纯朴。一碗香喷喷的白饭，淋上猪油和上好的豉油，比什么超出常理的贵食材都好吃得多。

倪匡兄最记得的是初到香港时吃的那碗肥糯叉烧饭，这倒是可以百食不厌的。好东西并不一定贵，而要看你怎么花心思去做。

顺德人做的叉烧，用一支铁筒穿过半肥瘦的肉，再注入咸蛋黄，听到了也流口水。

家里花时间煮出来的老火汤也让人喝得感动，当今我还加了新花样。做西洋菜汤时，先把大量的西洋菜放进煲中煮，再用同等分量的，拿打磨机打碎后放入汤中，味道就特别浓厚了。做白肺汤时，雪白杏仁也是同样处理。

煎一块咸鱼，也是天大的享受。当然得买最好的马友或曹白鱼，虽然贵，但那么咸的东西你能吃多少？连买小块咸鱼的钱也不肯花，只有吃麦当劳了。

吃遍天下，是年轻人的梦想，但是世界有多大你知道吗？让你活三世也吃不遍。

有这种志气是好的，才有动力去赚钱，不偷不抢，赚够了你就去吃你没吃过的东西。你自己付出了努力，是应该让你品尝的。

有能力吃是件好事，但要吃得聪明，不是那么容易。吃东西也要聪明吗？绝对。不吃超出常理价钱的东西，就是吃得聪明的开始。

让你吃遍了，最后还是会回归平淡。平淡的东西，永远是便宜的、合理的，永远是最好吃的，永远不会超出常理。

咸鱼酱的吃法

在疫情之下，许多公司和餐厅一间间停止营业，我反其道而行之，开了一家工厂，在香港专做酱料。除了咸鱼酱，还有菜脯酱、榄角酱等等，乐此不疲！

今天有杂志来访问我，希望我提供一些酱料的吃法，我想也不用想，脑海里已经出现五花八门的菜式。

因为酱料是咸的，最好是和淡的食材搭配，有什么好过咸鱼酱蒸豆腐呢？这道菜在我的手下开的粗菜馆中最受欢迎，做法简单。用软豆腐垫底，上面铺上一匙匙的咸鱼酱，蒸个三五分钟，即成。麻婆豆腐卖个满堂红，但这碟咸鱼酱蒸豆腐也另有风味。不蒸的话，就把豆腐用锅铲压碎，乱炒一通，咸鱼酱的原料用得高级，自然又香又诱人，没有不好吃的道理。

总之用淡的食材来炒就行。当今茄子当造，白的紫的都肥肥胖胖，拿来蒸个十几分钟，捞起，剥去皮，再用酱料来炒，拌饭吃也妙！

酱料做好后，我送了几瓶给海外友人，其中一位在法国，就那么拿来搽面包，也说好吃无比。当然，法棍在法国就像我们的白饭，酱料淋在香喷喷的白饭上也行，什么菜都不用炒了。

在意大利，朋友将酱料铺在意粉上面，说做给意大利丈夫吃，丈夫也跷起拇指。意大利人一向用腌的江鱼子来拌各种意粉，当然没有马友咸鱼那么香，当然吃得惯了。不过这位先生还是要放很多芝士粉，说更美味。

想起来，我们的咸鱼酱就像他们的芝士，味道越浓，越觉得香。

咸鱼蒸肉饼一向是最传统的家乡菜，但到底最美味的是那块咸鱼还是那块肉饼？分开来吃各自为政，做成酱料拌在一起蒸，更是合适。若要求更多的变化，猪肉碎中还可以加些田鸡肉，就更甜美了。口感方面，可加马蹄碎、黑木耳丝，很有嚼头。

"生死恋"这道菜是用新鲜的鱼和咸鱼一块儿蒸，但用咸鱼酱来代替，爱得更浓。

炒青菜的变化也多，最美味的是用虾酱来炒通菜（空心菜），吃厌了可以用咸鱼酱来代替，浓味不减，反而有了细腻的香气。不炒通菜的话，炒菜心、炒芥蓝都行，以我的经验，炒时加一小匙砂糖，就更惹味了。

峇拉酱炒通菜，南洋人叫为"马来风光"；咸鱼酱炒通菜，可以叫为"怀念香港"。

更简单的是用管家做的面，这位朋友做的生面用塑料纸包着，一团团加起来成一吨，一吨吨卖。但喜欢的人太多，怎么做也不够卖。

他制面真的有一套，面很容易煮熟，但煮久了也不烂。我向他说不如制成干面，他要求严格，一次次地试做，两年后终于研究成功，当今做的干面有多种种类。我最喜欢的是他做的龙须面，细得不得了，水滚了放下去煮，四十秒就熟。想更有嚼头，二十秒就捞起，有意大利人所说的"al dente"的口感，翻译成中文是"耐嚼"的意思。

龙须面煮二十秒，捞起，再用咸鱼酱来拌，是我常吃的早餐。

有时炒饭，没有香肠或虾，其他食材也都缺乏时，我会将冷饭炒热，等到饭粒都会跳起来时，打两个蛋进去。让蛋液包住饭粒，待呈金黄色，再炒几下，加咸鱼酱进去，其他什么调味品都不下，味道已经足够。

把顺德菜变化，像他们的煎藕饼，下咸鱼酱煎之，也是新的吃法。

我们做的榄角咸鱼酱，用的是最好的增城榄角。榄角这种东西最惹味了，但来历不明的榄角用来或会有点担心，我们采用的是喜叔供应的。与喜叔的交情从他开创"喜记炒辣蟹"开始，也有数十年了。他做得非常成功，在家乡增城买了多亩地种橄榄，用他生产的榄角最放心了，他精选过后才拿来给我。

榄角酱的吃法也变化无穷，最基本的是蒸鱼。便宜的淡水鱼味道不够浓，最适宜用榄角来蒸。做法简单，把小贩剖好的鲮鱼冲洗干净，铺些姜丝，再淋一两匙榄角酱，蒸个五分钟即成。

菜脯酱是另一种很受欢迎的酱料，就这么吃，口感极佳，清清爽爽，最能杀饭。做起菜来，马上想到的是菜脯煎蛋。锅热了下几匙菜脯酱，它本身有油，连油也不必下了，等到油烫冒烟，打两三个蛋进锅。蛋要生一点的话，即刻捞起进碟，怕太生则可以煎久一点，等到有点发焦，就更香了。

单身女子家的冰箱里，除了化妆品之外，什么都缺，有时可以找到一个被遗忘的洋葱，也能做一碟好菜。只要有咸鱼酱、菜脯酱或榄角酱，把洋葱炒熟就行。

做各种酱给诸位吃，都是为了替大家省去麻烦，复杂起来就失去原意，鼓励大家就这么吃好了，什么都不必加。但用酱料来做上述各种菜式，男朋友一定会感叹你是一个好厨娘！

玩出版

我视瘟疫为敌，它来势汹汹，怎么打这场仗？

我们不是科学家，发明不了疫苗去对抗瘟疫，但也不能坐以待毙，总得还手。最大的复仇莫过于创作，每天做一些事，日子不会白白浪费。一浪费，魔头就赢了。如果我们能找些有意义的事来消磨时间，就更有意思。

在这段时间，我用练书法、烹调、制作酱料来对付瘟疫，当然也包括阅读、看电影、看电视剧等等。玩得不亦乐乎时，疫魔一步步退却。

最新型的武器，就是玩出版了。

我虽然还在继续写，新书不断地出版，但我还有一个区域未涉及，那就是翻译。我以前的文章被翻译成日文和韩文，未译的是英文。

我一直有这个心愿，当今来完成，最适宜不过。但过往经验告诉我，文字一被翻译，怎么样都会失去味道。翻译是最难的一门功夫。

这段时期我想了又想，认为还是不靠别人来翻译，用自己的文字来写最传神。我的英文并不够好，可以应付日常会话而已。多年来我看了不少英文小说，多多少少学了一点英文写作方法，但永远也不会比母语是英语的人强。

不要紧，就那么写就是了。

读者对象是我的干女儿阿明，她从小在父母亲生活的苏格兰小岛长大，没机会接触中文。我的书她从来没有看过，也不会了解我这个干爹是做什么的，我要用我粗糙的英文来讲故事给她听，也希望其他不懂中文的友人能够阅读到。

仅此而已。

我把这个意愿告诉了阿明的母亲——我数十年来合作的插图师苏美璐，她也认为这是一个好主意。她建议由与她住在同一个小岛上的一位女作家贾尼丝·阿姆斯特朗（Janice Armstrong）来为我润饰，我翻译过她写的*The Grumpy Old Sailor*（《坏脾气的老水手》），相信这次也能合作得愉快。

我也写了电邮给我的老朋友俞志纲先生，他是英文书出版界的老前辈，我自然要请教他的意见。俞先生起初以为我想用英文介绍餐厅和美食，他认为应该有销路，并推荐了一些出版社给我，建议我可以先印一千本试试看。

回邮上我说在这个阶段，名与利已看淡，如果再要去求出版社，一定有诸多限制，我还是采用Kindle（亚马逊的电子阅读器）的自助出版方式自由度较大。

当今这种简称为KDP的Kindle Direct Publishing（亚马逊自出版平台）已很普遍，中文书的出版尚未成熟，但英文书已有一条正规的出版途径。在网上一查，便会出现各种介绍，Facebook上更有经验丰富者的口述，仔细地把整个过程讲解给你听。

不过鸡还没生蛋，想这些干什么。

第一步一定要把内容组织起来。最初的文章写作得借助老友成龙了，我把他在南斯拉夫拍戏受伤的过程用英文描述出来（指成龙在1986年拍摄《龙兄虎弟》时的经历。当时南斯拉夫尚未解体），以引起读者的兴趣。人家不认识蔡澜，但怎会不知道成龙是谁？

再下来是写我在韩国拍戏时的种种趣事和我早年旅行的经验。

我每天花上四五个小时做这件事，每写完一篇就传给苏美璐，再由她交给贾尼丝去修改。

有时一些浅白的话语她也来问个清楚，我就知道这是西方人不可接受的描述，干脆整段删掉，一点也不觉得可惜。我监制电影时，若把拖泥带水的剧情一刀剪了，导演花了心血，一定反对。我写的文章，我自己不反对就是，一点也不惋惜，反正其他内容够丰富。

贾尼丝一篇篇读完，追着问我还有没有新的，我听到了，心才开始安定下来。

有了内容，才可以重新考虑出版的问题。俞志纲先生来电邮说在过往十年中，英文书的出版市场已被五大集团吞并，分别为哈珀·柯林斯（HarperCollins）、企鹅（Penguin）、麦克米伦（Macmillan）和贝塔斯曼（Bertelsmann），最后加上法国的阿歇特（Hachette）。不过还有些小公司。假设我找到一家英国的，再包一千册的销售量，合作的可能性就大了。

他还说如果有第一本样书，不妨考虑去法兰克福，那里每年都有一个盛会，其间大小出版商云集，商谈版权转让、合作出版、地区发行等等。如果考虑参与的话，一定会有所斩获。

要是没有疫情的话，也许我会去走走。我的老友潘国驹的教科书出版集团每年都参与，跟他去玩玩也是开眼界的事。但疫情下已不知道什么时候可以旅行，这个构想太过遥远了。

目前要做的是一心一意把内容搞好，在KDP上尝试也不一定实际，不如请我生意上的拍档刘绚强兄帮忙。他拥有一个强大的印刷集团，单单一本书也可以印得精美。等到内容够丰富时，可请他印一两百本送朋友。心愿已达，不想那么多了。

疫情中常吃的东西

瘟疫流行这段日子，锁在家里，做得最多的事当然是烧菜了。

蔬菜炒来炒去，炒得最多的是菜心和芥蓝，几乎天天吃。天还热，长不出甜美的芥菜，不然我也甚喜欢吃。夏天当然是吃瓜最妙，我常炒丝瓜，粤人听到"丝"，认为其音似"尸"不吉利，改称之为"胜瓜"。胜瓜也是我吃得最多的。

提起胜瓜，就想到台湾澎湖产的，其味浓，又香甜，但量很少，贵得像海鲜。香港的没那么好，可以烹调法补之。怎么炒？先刨去外皮，切成大块的三角形备用，另一边把虾米用滚水浸泡，水别丢掉，留着等下用。另外泡粉丝，有时间用冷水，没时间用热水。

锅热下油，把蒜头爆香，下挤干水的虾米。记得用高级货，否则不香不甜。把虾米爆香后，就可以放丝瓜去炒了。丝瓜会出水，但不够，可以拨开丝瓜加浸虾米的水，然后把粉丝放进去，怕味精的人可以加一点糖，下鱼露当盐，上锅盖。

过个两三分钟，菜汁被粉丝吸掉，再翻炒两三下，便能起锅，一碟美好的炒丝瓜就完成了。多做几次就拿手，不是很难。

说到下糖，有许多人不喜，说甜就甜，咸就咸，哪里可以又甜又咸的？吃惯上海菜的人一定不怕，他们的料理多是又咸又甜还要又油的。

用同样的炒法可以炮制水瓜，还有葛类。把沙葛切丝后炒之，又甜又美。不这么炒，可下鸡蛋煎之。还可炒苦瓜，一半生苦瓜，一半焯过的苦瓜。或用鲜虾来炒，或下大量黄豆煮汤，记得放些潮州咸酸菜来吊味，没有的话用四川榨菜片也行。加点排骨，是很好的夏天汤水。

简单的红烧肉吃久了未免单调，做个红烧肉大烤吧。所谓大烤，就是加墨鱼进去煮。锅中放水焯五花肉，墨鱼洗净备用。下油热锅，加些姜蓉、小米椒煸炒，待煸出油后放墨鱼、五花肉翻炒。加花雕、老抽，小火焖四十分钟，加冰糖大火收汁，完成。

什么？又咸又甜不算，还要又鱼又肉？是的，海鲜和肉一向是很好的配搭，韩国人也知道这个道理。在做红烧牛肋骨时，最地道的方法也是加墨鱼进去。

海鲜是海鲜，肉是肉，一般不肯尝试的人总跳不出这个方格，无法去到饮食的新天地。

海鲜加肉最易炒了，韩裔美国大厨张锡镐的餐厅Momofuku的名菜，就有一道是把猪脚焖了，切片，用生菜包着，里面有泡菜、辣椒酱、面豉酱、蒜头、紫苏叶。最厉害的是加生蚝，一加生蚝，这道菜就活了。我最近常用这个方法来做菜，可以杀饭。

生蚝入馔的美食还有澳大利亚的地毯包乞丐牛排，一大块牛排，用利刀横割一个洞，将生蚝塞进去再煎，这是我唯一欣赏的澳大利亚本土料理。

最近常做的还有各种意大利菜。我发现分域码头的意大利超市Mercato Gourmet之后，便经常去。里面有数不尽的意大利食材，价钱十分公道，买来自己做，比上餐厅便宜多了。

最基本的意大利食材是意粉，那么多的选择，哪种最好？各人有各人的口味，我喜欢的是一种扁身的干面，叫Marcozzi di Campofilone，下了大量的鸡蛋制作。水滚了下点盐，煮个三四分钟即熟，味道好得不得了，不知道比大量生产的美式干意粉好吃多少倍。

酱汁当然由自己调配最佳，店里也卖各种一包包现成的酱，意大利厨师亲自做的，最正宗不过。我喜欢的是一种羊肉酱，买回来加热后淋上，方便得很。在餐厅吃的意粉多数下太多的芝士，只有意大利人才爱吃。

酱汁之中，没有比下禿黄油（用蟹膏蟹黄制成的酱料）更豪华的了，连意大利人吃了也跷起拇指。店里也卖各类乌鱼子，不比中国台湾的差，大量地刨在意粉上面，吃个过瘾。

一条条的八爪鱼须是冰鲜真空包装的，打开后煎一煎就可以切开来吃，一点都不硬。但最好的是买到新鲜的小墨鱼，每个星期一入货，在下午买些回来，煎一煎即可以吃，鲜甜得不得了，简直可以吃出地中海的海水味道来。

头盘来些帕尔马火腿，一百克好了。再在店里买一个意大利蜜瓜，比日本来的清甜，又便宜得多。吃出瘾来，再切一百克猪头肉下酒。

那么多橄榄油，不知道哪种最好，由店员推荐好了。店员推荐了一瓶Frescobaldi Laudemio，的确不错。认清了牌子，不会再买错了。

西红柿的种类很多，有些样子的在香港罕见。我介绍大家一种黄颜色，个头比乒乓球小一点的，甜得可以当水果吃。

最后我还买了一大罐大厨自己做的雪糕，下大量新鲜鸡蛋，滑如丝，拿回家里刚好融化，胜过自己做了。

算账时看到架上有雪茄出售，是美国演员克林特·伊斯特伍德（Clint Eastwood）在西部片中常挂在嘴边的那种，粗糙得很，但也有说不出的风味，扮扮牛仔英雄，非常好玩。

玩种植

当今的芫荽一点也不香,而且有种怪味,这都是为了大量生产而改变基因的结果。我一直寻求以往芫荽的味道,但失望又失望,直到有一回去参观丰子恺故居,回程中在一家小餐厅吃午饭才找回来,原来那是他们在后花园自己种的芫荽,之后再也未尝到。

我回到中国香港后也不断寻求芫荽的种子,发现多数是新品种,还有一些是意大利芫荽呢!本来在日本旅行时找到一家乡下的杂货店,各种花草蔬菜的种子都有出售,唯缺的是芫荽,日本人是不吃芫荽的。

我的一位很好的朋友,有个很稀奇的姓,姓把,叫文翰,他是一个到各处深山找寻美食原料,再在网上销售的人。他卖的东西,即便像花椒,也是严选出来的,只要咬一小颗,满口香味,而且嘴即刻麻痹,厉害得很。

我对他极有信心,就向他请求说如果看到中国的原种芫荽的种子,就寄一些给我。经过甚久时间,日前他到底找到寄来,反正疫情下无事可做,就开始玩种植了。

我在网上看到一则广告,卖室内种植的器具,叫Smart Garden(智能花园),我即刻买下。寄来的是一个塑胶的长方形箱子,附带三个小杯子。杯中已下了罗勒种子,只要加了水,插上电,架上的灯就会自动亮十六个小时,剩下八小时自动熄掉,模拟大自然的环境，让种子生长。箱子下方装了水，让所种植物吸收，水一干，有个指示器会提醒你加水。

对我这种住在"水泥森林"中的人来说，这种室内种植器具很好用。除了种罗勒之外，我把文翰寄来的芫荽种子也埋下，之后如何，等下回分解。

现在想起，有花园住宅的人实在幸福，可惜命中注定我没有享受这种清福的命。

家父就不同，他在中年时买下一座洋房，花园的面积至少有两万平方英尺，足够他种所有的花草。

记得刚搬进那个新家，父亲第一件事就是把那株巨大的榴梿树砍下。可惜吗？一点也不可惜，因为这株榴梿树生长的果实都是硬的，马来西亚人叫作"啰咕"，长不熟的意思，有时骂人也可以用上。

树一倒，有很多颗小榴梿，别浪费，我们小孩子当它们是手榴弹来扔，把附近来偷其他水果的马来小孩赶跑。

由铁门到住宅还有一小段路，上一屋主种了一棵红毛丹树，的确茂盛，所生的红毛丹集成群，整棵树被染成红色。

可惜的又是这棵树的种不好，果实非常之酸，又聚集了一群又一群蚂蚁，会咬人的。

家父又将它砍了。环保人士也许会认为不妥，但南洋这个地方，树木生长得快，种下新的，不久又是一大棵。

家父种了别的植物代之。他特别会玩，接枝后有一棵成为大树，生长着波罗蜜，果实有两人合抱那么大，里面的果肉有数百粒之多。同一棵树也长着红毛榴梿，果子没那么大，但又软又香，也是我们小时最爱吃的。

土种高大番石榴树也被铲除，本来又酸又多核的品种变为矮树品种，随手可摘。核变少，只剩下一团，切开后整颗番石榴又香又甜。这还不算，家父再接上广东的绯红色品种，果肉更显得漂亮诱人。

接枝时我必在他身旁看，只见他把树枝削去，再把另一株树的枝干剖开插上去，用绳子绑紧，最后将一堆泥封上，不久便生出根来，可以移植在地上了。我觉得过程很神奇，想长大了亲自动手，但一直没有机会。

如果我这次种芫荽的试验成功了，便会跟着种别的，一直想种的还有辣椒，其实也很容易。但来了香港，广东人说辣椒会惹鬼，虽然我不迷信，但也打消了念头。

跟着种西红柿吧，拿意大利品种的种子，种出各种形状和颜色的来，有的又绿又黄又红，分隔成图案，实在很美。

要不然种青瓜吧，也要找到原始的种子才行，当今在市场上买到的都已变了种，连长着疙瘩的那种也不是那么一回事了。

说到瓜，现在最合时令的是种丝瓜或水瓜。搭个架子种葫芦最妙了，成熟时可以切丝来炒菜。选个巨大的，晒干后挖出种子当酒壶，学铁拐李，喝个大醉。

我家有个天台，当今只要努力，种什么都行，只是少了家父来陪伴。要是能回到过往，和他一起研究怎么接枝，那是多么愉快！

近来常做梦，梦到和父亲一起种出一个枕头般的大冬瓜来，挖掉核，里面放瑶柱、烧鹅肉、鲜虾和冬菇来炖，最后撒上夜香花。外层由他写字，我用篆刻刀来刻，一首首的唐诗，美到极点。

老头子的东西

日本年轻人不愿生育，为什么？一切东西都太贵了。当今人口老龄化，钱还是抓在老头子手上，他们努力过，赚过钱，储蓄也多，老本雄厚，虽说当今经济低迷，但好东西老头子照买。

看日本电视上的广告就知道，卖汽车的从来不用年轻男女做广告，他们买不起。漂亮模特卖的，最多是化妆品罢了。还有很多卖啤酒的，倒是老少都喝。日本人到了夏天很喜欢来一杯冰冻啤酒，说是口渴了；到了冬天，也来一杯，说是天气太干燥了。

不知不觉之中，我也成了老一辈的一分子，喜欢质量高的商品，贵一点也不在乎。只要是美的，只要是有永恒的价值，都买得下手。

从前经过银座的高级礼品店，进去逛一逛。咦？这都是阿公阿嬷买的，有谁要这些东西？当今走进去，才知道好的东西都收集在那里。

那黑漆漆的花瓶，为什么会卖那么贵？原来是备前烧，日本最高级的陶瓷，黑色的产品之中可以看出五颜六色的层次。

备前地区的泥土中含有各种矿物质，才能烧得出来，别的地方没有的。一旦爱上备前烧，把玩起来，有无穷尽的乐趣。

老头子会欣赏的也不一定是贵的，像椿类的产品，"椿"就是山茶花。我们老早就知道山茶花油对头发的滋养是一流的。古时候的妇女将榨过山茶花籽油的渣滓做成饼状，要洗头时掰一块浸水，是一流的护发品。日本货中含山茶花的洗发水、护发膏等，都曾经流行过。

山茶花盛产之地是一个叫大岛的地方，只要说"大岛椿"，大家都知道。这一品牌的各种产品从前都能买到，当今少了，也罕见，好在中国香港的崇光百货食品部还在卖，不必老是去日本找了。

山茶花的功效被大化妆品公司资生堂重新发现，他们大肆宣传其含山茶花油的产品，将它们卖给年轻人洗发。可惜山茶花油下得极少，效力不强，不如老牌子的产品好。

有些东西一经重新包装，效用就大不如前，像很好用的喇叭牌正露丸，新包装的加了一层糖衣，闻起来没有旧的那么臭，但还是原货有用。肚子痛服六小粒即止，牙痛起来，塞一粒在蛀牙缝中，神奇得马上不痛了，我旅行时必备于行李箱中。

惯用的还有他们的牙膏。有一种花王牌粒盐牙膏，其实就是牙膏中加了粒盐，但的确能防牙周病，也可以止牙齿出血，的确是宝贝。我用了几十年，可惜当今东京和大阪的大药房已经停止出售，要到乡下的JUSCO大型超市才偶尔找得到。我不只变成老头，而且是一个乡巴佬老头。

当今纸媒衰落，大家又可省则省，从前订的杂志不用花钱去买了，杂志社一家又一家地关门。屹立不倒的是一本叫SARAI的杂志，专卖给有品位的老头看，每一期都介绍日本最好的产品，也介绍各地美食和温泉，当然更注重介绍各地的古董、绘画、工艺品和美术馆。

每一期都有一本附册，由各商家出钱来推销他们的个性化产品。小册中还有老人家的工作服、高级睡衣、寝具的广告，但一直是男性用品，最近才推出女士用的，效果奇佳。小册中刊的女人的广告也愈来愈多了。

这本杂志相当大方，常赠送钢笔、旅行包等，老人家收了都很喜欢，订阅人数更多。

杂志内容并非外国人能够完全欣赏，介绍的东西有些是日本人才能了解的，像落语（日本单口相声）、能剧和歌舞剧等，只与日本人有缘。

多数内容会介绍一些日本名画家、雕塑家、陶瓷家等，还有各地的收藏，像刀剑书画。介绍非常之仔细，一一分析，说明什么地方可以看到原作，以及附近有什么美食和旅馆，让着迷的人旅行到当地时可以享受一番。

因为读者多是有钱人，这本杂志也介绍很多外国的美术馆、音乐厅和名画展，教人怎么去，住哪里，如何入门，怎么欣赏。

老人家的饮食得注意健康，杂志中有许多内容介绍长寿名人的早餐吃些什么，怎么做，去哪里买。最早介绍藜麦的也是这本杂志。

有许多好东西都是只推荐给当地人的，像豪华的火车旅行。日本人最喜欢火车，对它有种独特的情怀。三越百货公司也有豪华巴士旅行，也只服务老顾客。

老人也是从年轻人变成的，他们成长过程中接触过的玩具和漫画也是专题介绍的重点。

当今我到了银座，也喜欢游各大百货公司的七楼或八楼，这里面卖的杯杯碗碗也是我最喜欢用的。高贵货之中有一种用锑金属做的大杯子，装了热水不会烫手，放了冰块进去久久不融化，真是神奇。

老人家有老人家喜欢的，年轻人有年轻人爱好的，有代沟是免不了的。老人看到年轻人买又旧又穿洞的牛仔裤，说什么也不明白，一直摇头。

只限不会中文的老友

　　为了出版英文书，我这段日子每天写一至两篇文章，日子很容易就过，热衷起来不分昼夜。我们的"忘我"，日本人称为"梦中"，实在切题。

　　每完成一篇文章，我即用电邮传送苏美璐，再由她发给作家贾尼丝·阿姆斯特朗修改。另外传给钟楚红的妹妹卡罗尔（Carol Chung），她已移民新加坡，全部以英文写作和思考，儿女长大后较为得闲，由她润色，把太过英语化的词句拉回东方色彩，这么一来才和西方人写的不同。

　　苏美璐的先生罗恩·桑福德（Ron Sandford）也帮忙，美璐收到文章给他过目，他看完说："蔡澜的写作方式已成为风格，真像从前的电报，一句废话也没有。"

　　当今读者可能已不知道电报是怎么一回事了，昔时以电信号代表字母，像"点、点、点"是一个字母，"点、长、点"又是另一个字母，加起来成为一个字。每一个字打完，后面还加一个停止信号，用来表示完成。

　　拍电报贵得要命，价钱以每个字来算，所以尽量少写，有多短写多短，只求能够达意，绝对不多添一句废话。这完全符合了我的写作方式。

　　我虽然中学时上过英校，也一直喜欢看英文小说，电影看得更多，和洋朋友进行普通英语对话也可以过得去，但要写出一篇完整的英文文章，还是有问题的。

我会在文法上犯很多错误。小时学英文，最不喜欢什么过去时、过去进行时等等，一看就头痛，绝对不肯学。我很后悔当年任性，致使我没有经过严格的训练，现在用起来才知会犯错。

好在卡罗尔会帮我纠正，才不至于被人当笑话。我用英文写作时一味"梦中"地写，其他的就交给贾尼丝和卡罗尔去办。

最要紧的还是内容，不好看什么都是假，但自己认为好笑，别人不一定笑得出，尤其是西方读者。举个例子，我有一篇文章讲我在嘉禾当副总裁时，有一天邹文怀走进我的办公室，看书架上堆得满满的，尽是我的著作，酸溜溜地暗示我不务正业，说："要是你在美国和日本出那么多书，版税已花不完，不必再拍电影了。"我回答说："一点也不错，但要是我在柬埔寨出那么多书，早就被送到杀戮战场了。"

用中文来写就行，一用起英文，贾尼丝就不觉得幽默，若只有一两段如此，我即刻删掉，但是整篇文章放弃就有一点可惜。我不知道贾尼丝为何不了解，卡罗尔就明白。我到底是坚持采用，还是全篇丢掉呢？到现在还没有决定，我想到了最后，还是会放弃。

要写多少篇才能凑成一本书呢？以往的经验，我在《壹周刊》写的长文每篇两千字，编成一系列的书，像《一乐也》《一趣也》《一妙也》等等，每一个专题出十本书，每凑够四十篇就可以出一本。以此类推，英文的文章有长有短，要是有六十篇，就可以了吧？

我现在已存积到第五十二篇了，再有八篇就行。从第一篇至第五十二篇，我都是想到什么写什么，有的写事件，像成龙跌伤等；有的写人物，像邂逅托尼·柯蒂斯（Tony Curtis）等；有的写旅行，像去冰岛看北极光等。文章任意又凌乱地排列，等到出书时，要不要归类呢？

我写的旅行文章太多了，故只选了一些较为冷门的地方，如马丘比丘、塔希提岛等，要不是决心删掉，就有好几本书了。我这本英文书绝对不可以集中在这个题材上面，所以法国、意大利等，完全放弃。

关于吃的文章也不可以太多，我选了遇到保罗·博古斯（Paul Bocuse）时请他煮一个蛋的故事。太普通的都删除。

关于日本，我出过至少二十本书，到最后只选了几个人物，像一个吃肉的和尚朋友加藤和一个把三级明星肚子弄大的牛次郎。

关于电影的文章也太多了，只要了《一种叫作"电影导演"的怪物》和《范·克里夫的假发》那几篇，都是我的亲身经历和我认识的人物。

剩下的那八篇要写什么，到现在还没决定，脑海中已经浮现了微博上的有趣问答、与蚊子的生死搏斗和瘟疫流行中的日子怎么过等等题材，边写边说吧。

文章组织好后，苏美璐会重新替我画插图，众多题材都是她以前画过的，现在新的这批画作，我有信心会比文章精彩，我一向都是这么评价她的作品的。

如果英文书出得成，到时和她的一批原画作一起展出做宣传，较有特色。

这本书，像倪匡兄的《只限老友》，我的是《只限不会中文的老友》。书若出不成，自资印一批送人，目的已达成。

单独旅行

刘健威（"留家厨房"创始人）在社交平台上说，瘟疫令他不能旅行，闷得发慌。我想不少中国香港人也有同感，我自己当然也希望早日出门。去哪里呢？他说去日本，我也想过，不过去之前我还是先到马来西亚。

答应过那边的读者要去搞书法展的，以为趁着榴梿当造的季节可以吃个饱，但时令已接近尾声，即使马上出发，也没剩下多少。不过不要紧，当今种植技术越来越进步，一定可以找到一些来吃，等书法展能开得成时，再大吃一餐吧。

就算一个也吃不到，还有福建炒面、河鱼、沙嗲及肉骨茶，这趟行程不会让人失望。约上几位朋友，等疫情一稳定，马上飞去。

我还想去几个地方，其中之一是普吉岛。为什么要选它？皆因我有一位老同事谢国昌，本来已经移民爱尔兰了，最近被他的朋友请到那边去，在岛上卖度假屋。他已经去了好几个月，把一切都搞得很熟，由他带路一定错不了。

先讲按摩吧。曼谷、清迈都有，何必跑到普吉岛去？其实按摩这回事哪里最好，完全说不定的，熟了就好，有当地人安排，就错不了！由友人推荐几个当地较好的按摩院，天天做，从早上做到晚上，饭也在按摩院里面吃，或叫外卖，总之不出来就是。

普吉岛上有许多好酒店，安缦酒店也是由那边开始发展的，可以去住他们最早的那家。至于吃的方面，当今我已经没有年轻时那么奄尖（粤语，意为挑剔，要求高），在那边吃泰国菜，总会正宗过九龙城泰国餐厅的吧？

我最近想吃泰国的干捞面，想得快发疯，这回一定要吃个够本，一天三餐吃同样的，也不厌倦。

阳光沙滩不去也罢。我小时候到过的沙滩，铺着那种白沙，踏上去像走在地毯上，当今几乎绝迹，再也找不回来了。去游泳池中泡泡算了。

还是谈吃吧。他们的青木瓜沙拉（Som Tam），要加一只蟛蜞才算正宗，当今大家害怕，已不敢下蟛蜞，味道尽失。还有那好吃得要命的紫色酱，用来蘸鱼，百食不厌，在别处已经吃不到，因为不加那只桂花蝉了。一不加，就好像没有了灵魂，那种蝉味，不试过永远无法了解它的美妙。

听谢国昌说岛上还有多家唐人餐厅，他们做的烤乳猪不会走样，皮比饼干还要脆，一个人吃一只，那才叫过瘾。

还是多来些潮州小吃吧。潮州人做鱼生，是用脆肉鲩鱼。一条鱼用刀切成两大片，挂起来风干，肉更入味，再快刀把肉片薄。如果有小刺没有清除，也可以连骨切断，不会刺喉。

鱼生配上中国芹菜、老菜脯丝、新鲜萝卜丝等等，淋上梅酱，真是令人绝倒。也许有人还是害怕，但到了泰国，一切食材按照古法处理，包管没事，吃了不会拉肚子的。

到菜市场走一圈，买鲇鱼的鱼子，一颗颗有如青豆那么大，吃进嘴里一咬，"噗"的一声爆开，那种鲜美无法用文字形容。

想起泰国还有一种菌类，鱼蛋那么大，埋在土中，要熟练的当地人才能找到，比什么黑松露、白松露更香。据说近年来没有人会吃，也少了人去寻找，如果我能去得成，一定要预先请专家挖好，到时享用一番。

炸猪皮是随街都有了，即刻炸的比炸好了摆久的香脆百倍。就那么吃也许太过单调，那边的人和糯米饭一起吃，但糯米饭太过饱肚，还是免了。要吃饭的话就来几条竹筒饭，请小贩烤久一点，片开竹筒后里面还有饭焦（锅巴）的最美味。

街边还有卖生猪肉的，别人一听就跑开，我却最爱吃。那是把肉和皮切碎了，用米醋来杀菌，之后做成香肠，里面还藏有一颗"深水炸弹"，那是小指天椒，辣得什么细菌都能杀死。我总是老话一句，只要当地人吃了没事，我也没事。我的胃和他们的一样，是铁打的。

有一种东西在当地已经没有了，那就是土产威士忌，一定要是湄公牌的才好喝。这家厂商已经停产，我家还有几瓶大的，带一瓶到普吉岛去。

用青椰水勾湄公牌威士忌，是我发明的鸡尾酒。其他威士忌要喝老的，湄公牌的是喝新出厂的，越新越好，勾起带甜的青椰水，我命名为"湄公河少女"，是天下最美味的鸡尾酒。

下酒的有炸蚱蜢、炸蚂蚁蛋等，比什么花生、爆米花还要好百倍。像我这种吃法，已经没人敢奉陪，到时还是独自出发吧！

电影火凤凰

在一般观众眼中，《摩登情爱》只是一部清新的爱情片集，由亚马逊的流媒体平台Prime Video播出，但它最近在网络平台上点击量极高，绝对是不可忽视的小制作片集。

我看到一个革命性的创举，如果香港电影能走上这条路，这将是一条光明大道，能够令已经死去的香港电影重浴火焰，变成一只不死的火凤凰。

先介绍这部剧。它改编自《纽约时报》的专栏故事，叙述发生在纽约的八个小故事，每一集都是三十分钟，探讨爱情、友情和家庭。

第一集叫《当门房变成闺密》，讲的是住在公寓中的一个单身女子，她生命中最可靠的朋友是一个门房，他不管天晴天阴都能像家庭成员一样照顾她。他帮她看男人时，看的从来都不是男人，而是她的眼睛。

单身女孩人生经验尚浅，她的男友离她而去，她独自生下了一个孩子。门房一直在她身边鼓励和支持着她，两人没有曲折的爱情故事，但有强烈的人与人之间的关怀。

第二集讲一个网上婚姻介绍所的老板，自己却得不到伴侣，直到遇到一个青春已逝的记者，看到她失去爱人的经历，才了解怎么去追求真爱。片名为《当八卦记者化身爱神丘比特》。

第三集《爱我本来的样子》讲一个躁郁症女人怎么走出自己这个不可告人的病态。

第四集《奋战到底》讲一对互相没有话可说的夫妻怎么通过打网球去维持濒临破裂的婚姻。

第五集《中场休息：医院里的坦诚相见》讲一对男女在约会中发生意外，女的一直在医院中照顾男的，彼此坦诚相见加速了感情的升温。

第六集《他看起来像老爸。这只是一顿晚餐吧？》讲公司里的女职员和她的上司的一段感情。起初女职员以为对方只是一个像自己爸爸一样的人物，后来改变主意去爱他。

第七集《她活在自己的世界里》讲一对同性恋者怎么去收养一个婴儿的故事。

第八集《临近终点的比赛更美好》讲一对跑步爱好者在老年竞跑活动中相识相恋，但男的不幸去世的故事。

单单看这些片名，已知道一般公映的好莱坞片子是不会用的，现在该片集只在流媒体平台上放映，打破了高昂发行费的限制，自由奔放，想怎样取名就怎样取名。

故事也不完整，一般观众会认为没头没尾，但不要紧，你不必花钱去看，亚马逊的Prime Video特别声明它是零观赏费的。

该片集也不是完全由无名演员出演，纽约有很多演员愿意收取很低的出场费去获得一个自己能发挥的演出机会，故演员表中有安妮·海瑟薇（Anne Hathaway）、蒂娜·费（Tina Fey）、凯瑟琳·基纳（Catherine Keener）、安迪·加西亚（Andy Garcia）等。其他主要演员也许你没有听说过，但都是热爱电影的人士，有我喜欢的金发小女孩朱莉娅·加纳。此妞非常拼命，尽量争取演出机会，二〇二〇年拍的《助理》全片制作费才一百万美元，所得片酬应该比她演的电视片集《黑钱胜地》少得多。

演婚姻介绍所老板的是印度演员德夫·帕特尔（Dev Patel），他从《贫民窟的百万富翁》开始就演过多部重要的电影，此片中他演的角色已跳出国界。

其他名演员也都不是为钱而来，也许他们认为自己是纽约人，应该为宣传纽约多做一点事。而且，此片已得到很多电视剧的奖项提名，得到单元剧的男女主角奖的机会极高，大家都愿意参与一份。

话讲回来，如果有任何投资者够眼光，就应该去办一个中国人的流媒体平台，全世界的华人集中起来，市场已无限大。先出资买旧的电影和电视片集，再制作一些清新的电影打头阵，这将是一个打破传统电影院上映模式的机会。至于人才，香港有大把，黄金年代的功夫片、僵尸片以及各种富有娱乐性的片子将会得到重生。这个市场是因为得不到创作自由而灭亡的，只要让大家放手去干，一定能够杀出一条血路。

流媒体制作已经在美国定型了，也证实可以成功。大家可以打破明星制度，不必付巨额费用去请他们，有才华的年轻人多的是。流媒体电影不需要大牌演员来保证票房，而且一大堆老演员都等着开工，降低片酬来演出是他们乐意去做的事。

当今Netflix、Prime Video、Apple TV、HBO、Disney等等都已进入战场瓜分好莱坞的市场，我们还等什么？

流媒体天下

在家里，电视节目无聊，好在有"流媒体"这三个字救命，否则会闷出神经病来。

对不接触科技的人来说，有没有流媒体无所谓；对我这种爱看电影、电视剧的人来说，它简直是救命恩人，现在天天靠它，才能入眠。

最典型的流媒体平台，也是香港人最熟悉的，就是Netflix了，当今的新电视机上已替你安装好，一按就能看到。不然在平板计算机或手机上下载App即可，简单得很。

Netflix是一个无底深渊，上面什么电影、电视剧都有，多得看不完。西方流行的笑话是：花在寻找上的时间，多过看节目的时间。

是的，Netflix上的节目太多太杂了，之前节目不错，当今已有粗制滥造的趋势，令人有点麻木。还是推荐大家去看Prime Video吧，这是大集团亚马逊生出的"爱婴"，财势雄厚，要制作什么节目都行，也不怕亏本。但他们不是闹着玩的，眼光阔大而精准，实在来势汹汹，是Netflix的一大对手，把Disney、HBO、Apple TV抛得远远的。

怎样上线看呢？找到Prime Video的App，即刻可以下载。要付月费，像台湾，月费是五点九九美元，一点也不算多。香港可以试看七天，之后收费和台湾一样。

Prime Video最初并不注重中文市场，许多节目没有中文字幕。台湾用户可以收看繁简体中文字幕并用的内容，但还不完善，用中文寻找片名还是有困难。但对懂得英语的观众来说，一点问题也没有，而且他们针对的也是这类观众。

Prime Video虽然有各种别人制作的节目，但还是以自制的为主。我当今追的有《了不起的麦瑟尔夫人》和《律界巨人》。前者从二〇一七年开始播第一季，到二〇一九年播第三季，第四季也即将到来（《了不起的麦瑟尔夫人》第四季于二〇二二年二月十八日播出。本文写作时间在此之前），讲一个单口相声演员的故事，观众会一步步地喜欢上她，一直追看下去。

当然，能欣赏这部电视剧的人首先要喜欢纽约，它以二十世纪五十年代末至六十年代初为背景，和《广告狂人》是孪生儿，一部严肃，一部搞笑。

女主角麦瑟尔夫人被先生抛弃后自力更生，以表演单口相声为生，闯出自己的一片天地。制作甚肯花钱，在服装和道具上都很考究，一一重现当年的风格。又加上当年的流行音乐，时而载歌载舞，像在看一场音乐剧，喜欢上了就不能罢休。

女主角身边的人物，像演经理人的亚历克斯·布诺斯町（Alex Borstein）和演她父亲的托尼·夏尔赫布（Tony Shalhoub）的演技更无懈可击，后者演的《神探阿蒙》早已深入民心，演什么像什么。

此剧得奖无数，艾美奖更不在话下。还没看时不能了解为什么那么厉害，一看上瘾后便能明白制作人兼剧作者的苦心。埃米·谢尔曼-帕拉迪诺（Amy Sherman-Palladino）的父亲是个单口相声演员，她当然受了影响，细心地考据当年的资料，将故事活生生地描述出来。

当然，如果能够了解犹太人的文化，那么看起来更会津津有味。美国娱乐界被犹太人控制，他们会在电影、电视上一一渗透他们的习俗和人文关系，像割礼、婚礼和家庭聚会等等，一有机会便拼命介绍。这种手法并不令人讨厌，可以引起其他族群的共鸣。

另一部《律界巨人》依靠好演员支撑，主角比利·鲍勃·桑顿（Billy Bob Thornton）的演技是无可置疑的。该剧讲述了一个落魄的律师怎么去为无辜的受害者争取公道。主角强，配角要更厉害才行，演他对手的是威廉·赫特（William Hurt），以前常演谦谦君子，这部剧中当反派，演得精彩绝伦。该剧一共四季，每季都值得追看，男主角烟抽个不停，是不是有烟商私底下赞助，不得而知。

除了这些，值得追的还有《伦敦生活》，讲一个不修边幅的女子怎么在社会上生存下去的故事，当然很受女权人士欢迎。

《未了之事》由动画片《马男波杰克》的制作班底创作，用奇异的画面来讲八个短故事，很受观众欢迎。

《博斯》是另一部拍得很好的片集，男主角泰特斯·韦利弗（Titus Welliver）之前专扮反派，想不到演技如此精湛。

《归途》就用上大明星朱莉娅·罗伯茨（Julia Roberts）了，讲退伍军人的创伤，相当沉闷，但为了女主角也可一看。

《黑袍纠察队》讲的是反当今的超级英雄，娱乐性较高。由科幻大师菲利普·K.迪克（Philip K. Dick）的小说改编的《高堡奇人》也很好看。

如果你能接受印度片，Prime Video上有不少印度作品。他们看准了印度这个庞大且无诸多限制的市场，提供无数可以看的节目，眼光独到。

平台上还有很多供应给小孩子看的节目，较为反传统，用来抢Disney的观众。

有流媒体平台实在好，当今的科技还不成熟，等到5G、6G到来（现已有5G，本文写作时间在此之间），几秒钟就可以下载一部片的话，所有的好莱坞电影和中国旧片都能即刻看到，到时又是一个热闹的局面。

君子国

当你想不出要写些什么时，往菜市场去吧，总能找到一些可以发挥的题材。而且今天我还有一项特别的任务，就是和雷太拍一张照片留念。

"沛记海鲜"在菜市场进口的第一档，我已经去了几十年，主人雷太在全盛时期拥有数艘渔船，什么名贵海鲜都能在她的档中找到。我喜欢的都是随着拖网捕捞的一些杂鱼，像"七日鲜"、荷包鱼。

随着年纪渐长，她的鱼档卖的名贵鱼越来越少，只剩下一些马友和海参斑，老虎虾和鱿鱼是从儿子的冰鲜店拿来的。但我还是会在她的档口停一停，不买也打声招呼。

今天是她营业的最后一天。儿子见她岁数大了，不忍心看她每天在这里辛苦，请她休息休息。许多老顾客都不舍得，不过她也不是完全退休，收拾了鱼档之后，她会到侯王道她儿子开的冰鲜店帮忙，想念她的人可以到店里和她聊聊天。

菜市场的档主和顾客们交易久了，就会成为老朋友，这种感情可能会浓厚过家人的亲情。我住在九龙城，九龙城菜市场可以说是我家的一部分了，几天没去，小贩们都会关心地问起我来。

和档主们做了朋友，再也不必担心买不到最新鲜的货物，他们总会把最好的推荐给你。有时算得太过便宜，付钱时多加一点，对方不肯收，买的人更不好意思，大家推来推去，真像小时候读的书里说的君子国。

蔬菜档的二家姐，从前也不在菜市场，而是在侯王道的一间店里开档。家中一共有四姊妹，都是美人。四姊妹中有一位早走，另一位在家享清福，大家姐在雷太鱼档对面卖菜，二家姐的档开在另一边，所卖的蔬菜最为新鲜，如果想不出要烧些什么菜，她会不厌其烦地一一为你想好。本来二家姐也可以退休了，但她说是为了等儿子成熟接班，要多做几年，我却看她乐融融的，似是不肯待在家里。

最近香港特区政府为美化市容，请了许多街头画家，把九龙城的店铺都画上彩画，衙前塱道上的义香豆腐店就是其中之一。这家店由兄妹二人经营，画家把他们两人的大头画在门上。其他家也画了，但都一早开店看不到绘画，只有"义香"的画最显眼，因为他们的店开得最晚，通常要中午才营业，开到傍晚就收档。我最爱吃的反而不是他们的豆腐，而是大菜糕和凉粉，但不敢多买，因为妹妹不肯收钱。店里也宜堂食，有许多老顾客经常停下，吃一两件新鲜煎炸的豆品，或喝杯豆浆，才继续买菜。

再过去几家店是经常去的"元合"，这里是唯一可以买到潮州鱼饭的店铺，但年轻顾客不懂得欣赏，鱼饭种类没有以前那么多了。另一个原因是海鲜越来越少，一少就贵了，当今的鱼饭没有以前那么便宜。他们的炸鱼蛋最为爽口，也有很多人喜欢。

街尾的猪肉档和牛肉档生意很兴隆。猪肉档的肉最鲜美，牛肉档生意特别好，天气一冷就大排长龙，大家都买牛肉来打边炉。我与档主们都已成为老朋友，不买也走过去闲聊几句，最常说的是来看看他们有没有偷懒。

也不是家家都是老店，生力军有来自潮汕的"叶盛行"，这是一家做大宗潮州杂货的店铺，什么都有。我喜欢的是老香黄，即一种佛手瓜腌制品，越老越好，所以叫成老香黄。我到夏天拿它来冲滚水，泡出来的饮品以前老人家说可以治咳嗽，也不知是否有效，反正我喜欢那个味道。到了深夜喝浓茶睡不着觉，喝老香黄水最好不过。从前要到潮汕才能买到老香黄，当今不能旅行，可以在"叶盛行"买到，实在方便。

同条路上还有老店"老四"，一度发展得厉害，当今守回老档口，卖卤鹅，疫情之中做外卖，生意反而越来越好。九龙城卖卤鹅的档口不少，但"老四"还是质量最有保证的一档。除了卤鹅，他们做的卤猪头肉、卤猪耳朵和卤鹅肠等，都很受欢迎。

再走下去就是"潮发"了，这家老潮州杂货店什么都有，橄榄菜是自己做的。我最爱吃他们的酸菜，有咸的和甜的两种选择。潮州甜品中的清心丸也可以在这里买到，清心丸一度被禁止，因为用了硼砂，但这种小吃在潮州已存在了上千年。

隔壁是"金城海味"，在这里买鲍参翅肚最安心，货真价实。干鲍也能代客发好，请客时加热就行。要买陈皮的请尽管在店里选购好了，有最好货色。

折回侯王道，当然去"永富"买水果。当今除了高级日本蜜瓜、葡萄和水蜜桃之外，还有新鲜运到的鸡蛋"兰王"，要吃生的尽可放心，鸡蛋的包装上有何时进货的日期。

隔壁的"新三阳"是爱吃沪菜的人最爱去的，如果你想自己做腌笃鲜，他们除了新鲜猪肉之外，什么都会替你配好，按照店员的方法去煲，一定不会失败。我还爱买他们做的油焖笋、鸭肾、烤麸等等小吃，有时会买些海蜇头回来，用矿泉水冲一冲，再淋上意大利陈醋，百食不厌，你也可以试试看。

宝

请各位读者原谅，我今天又要谈从流媒体中得到的乐趣了。

从前我很不喜欢在文中提到电视节目，认为这是没有生活情趣的写作者才会涉及的内容，不然有美食、旅行等大把题材，何必谈这些躲在家里才能接触到的东西？不过当今是例外，我们都因为疫情而被锁在家中，看电视上的流媒体节目变为我生活的一部分，只有一谈再谈了。

我还以为自己很先进，会用新科技欣赏流媒体这种新媒体，但当我看到了《丛林中的莫扎特》，才知道我自己很落后，这个流媒体的电视节目早在二〇一四年就开始播出，我是多么后知后觉！

一共拍了四季，我不休不眠地追着看，像着了迷。每季十集，每集三十分钟，总共二十个小时的戏，我不一口气看完不肯罢休。我现在要郑重地把它介绍给大家，千万别错过这颗宝石。

讲的是什么？纽约的交响乐乐团成员的故事。这绝对不是人人喜欢的题材，实在小众得要命，就连美国也可能只有纽约人能接受。纽约是独特的，只有纽约那么高文化水平的地方才能制作出那么标青（粤语，意为出众）的节目来。而香港是接近纽约的都会，相信也有人会欣赏。

制作团队的主力是罗曼·科波拉（Roman Coppola），你猜对了，他是大导演弗朗西斯·福特·科波拉（Francis Ford Coppola）的儿子，导演索菲娅·科波拉（Sofia Coppola）的哥哥，作曲家卡尔米内·科波拉（Carmine Coppola）的孙子。这家人都特别有天分，祖父留给他的音乐细胞令他很小便与作曲家、音乐家为伍，讲述这个故事对他来说的确是如鱼得水。

他从小爱电影、音乐和旅行，并不在乎在片集中担任什么角色，认为只要能参与，已是最大的幸福。他参与制作的有《犬之岛》《穿越大吉岭》等等片子。

看过了布莱尔·廷德尔（Blair Tindall）写的回忆录《丛林中的莫扎特：性、毒品和古典音乐》（*Mozart in the Jungle: Sex, Drugs and Classical Music*）之后，他就决定将其改编成视觉作品。制作成电影不可能，因为只能缩成两三个小时，这部戏全靠人物描写，流媒体的长篇电视剧才能充分表现。这部戏也没有什么很好的故事结构，只是讲乐团中的各个人物，慢慢描述，让观众一个个地爱上他们，就成戏了。

主角是年轻指挥家，选中了盖尔·加西亚·伯纳尔（Gael Garcia Bernal）这位墨西哥演员来出演，他通过《摩托日记》和《你妈妈也一样》等片已被西班牙语系的观众熟知，许多名导演都很爱用他。年轻指挥家在现实生活中真有其人，委内瑞拉指挥家古斯塔沃·杜达梅尔（Gustavo Dudamel）得了无数的指挥家奖，教皇尤其爱看他的表演。古斯塔沃也组织儿童交响乐团，并担任洛杉矶爱乐乐团的音乐总监。在这部戏中，总能看得到他的影子。

女主角洛拉·柯克（Lola Kirke）本身也会吹双簧管这种乐器，每天演奏五六个小时。双簧管是最难吹得精准的，交响乐团演奏时，是用它来调准音调。这乐器我在以前的文章中也提过，苏美璐说是她最喜欢的。因为原著作者也吹双簧管，请洛拉来演是理所当然。

讲那么多，不爱听古典音乐的观众会不会觉得沉闷？一点也不会。剧中选的多是脍炙人口的曲子，而且每集只有半小时，也不能都奏完，剧中听起来恰到好处，从未接触过古典音乐的观众听来颇感亲切，而且会逐渐爱上。全剧看完，等于上了一堂音乐课。

第三季加了莫尼卡·贝卢奇（Monica Bellucci）演出名女高音，原型是玛丽亚·卡拉斯（Maria Callas）。已经五十二岁的莫尼卡全裸演出，不觉衰老。

剧中的人物都是敢做敢爱的，他们热爱音乐，也热爱人生。剧情轻轻松松，看得有趣。

值得一提的是配角贝尔纳黛特·彼得斯（Bernadette Peters），她人长得漂亮，身材又好，歌唱得精彩，就是在好莱坞红不起来。她演交响乐团的经理人，不断地为乐团找寻赞助者，又要安抚这群疯子，演得出色。编导也找了个机会在剧中唱了几首动听的歌。

演过气指挥家的是马尔科姆·麦克道尔（Malcolm McDowell），大家还记得他是《发条橙》的男主角。这角色要不择手段地死站在舞台上，演艺圈中有很多这种人物，由他来演，特别活生生。

把艺术和娱乐糅合在一起的剧并不多，看了能提高自己的水平的更少，这部得奖无数的长篇剧是非常非常难得的，我看完也为制作人捏一把汗，不知道他们怎能说服投资者让他们拍出来。

不过，该剧到最后只拍了四季，还是被腰斩。尽管众多观众为此表示遗憾，但事实归事实，救不起来，拍不下去。

可惜呀可惜。

大家要看的话，当Prime Video会员吧，没有几个钱的。

搜索些什么？

有很多网友问我：你用什么型号的iPad？常用的App有哪几种？

我的iPad一向是最新的，没去记是什么型号，总之是容量最大的iPad Pro，更新的一出，我一定换。我觉得如果能用钱买来每天必用的工具，是很便宜的事。旧机有很多部，都送友人，他们不追新款，并不介意。

一开机，界面是一尊如来佛像，旁边的备前烧花瓶中有怒放的粉红色牡丹花，这是在家中拍的。我很喜欢佛像似笑非笑的表情，而牡丹花，如果有荷兰运来的，必买。牡丹花花期虽然不长，只可摆三四天，但我见到就开心。

界面上的第一个图标是相机，我已习惯用iPad来拍照，如果外出，则用iPhone，反正几乎同时就能传到iPad上。

旁边的是相片档案，已经拍了三万一千多张照片，整理及删除起来是一大工程，所以我尽量不去碰，让它不断增加好了。

相册中从前有许多食物的照片，当今已不大去拍了，猫的照片反而是最多的，每种形态及表情都留下，有一天学用毛笔画猫时，可以当成参考资料。

书法的照片也无数，我一看到新的字形，必定拍下。啊，原来这个字可以这么写！好的句子当然也拍了，练书法时可以写写。最近拍有很多书斋的名字，像"抱膝吟斋""竹轩""半日闲斋""望云小舍"等等，自己是不用了，如果有人喜欢，可让给他们。

界面上还有一个《草书书法字典》App。最近草书字帖看得最多，自己写字运用得上，但也不能一一记得清楚。大家以为草书糊里糊涂，但冯康侯老师教导的是，草书最为严谨，一笔一画都应该有出处，一错了就变别字，所以我写完草书后一定查一查，免得闹笑话。

时钟也常用。我最为守时，每天要看很多个钟，壁上有太阳能兼电波指示的挂钟，一分一秒从无差错，手表也有此等功能。用上了，其他钟表都觉得靠不住，尤其是那种几万、几十万的名贵机械手表。

iPad上的这个时钟，还可以看到世界各地的时间，打电话给别人时先看看，才不会三更半夜扰人清梦。

再下来就是各个社交平台了。微博我当然每天更新，微信也相同，Instagram（一款图片分享App）就交给同事去管理了，不然太花工夫。

Facebook也每天会看，我一发讯息就同步在微博、微信、Facebook这三个媒体上。Facebook我经营得又慢又少，看的网友也不多，不过可以联络上一些失去的朋友，真感谢它。近来中国香港的网友增加不少，又有许多日本、新加坡、马来西亚的，所以会不时地更新。

接下来便是娱乐了。流媒体平台Netflix前些时候看得最多，但近来节目有太杂的倾向，不过我还是会不停地去发掘新节目。目前看得最多的是亚马逊的Prime Video，他们的制作水平最高，自从看了他们制作的《丛林中的莫扎特》之后，更佩服得五体投地，变成这个平台的头号粉丝，几乎将他们的所有节目都看了。

Now Player也常看，原因是它有一个付款才看得到的电影台，一有新作，我当然不会放过。钱多少我也不在乎，我一向认为只要给钱就能得到欢乐的话，付多少钱都是值得的，只嫌节目不够多罢了。

其他的节目台像HBO GO也在手机上，这个台亦相当够水平。雷声大而雨点小的是Apple TV，除了《早间新闻》之外，就没什么好看的。他们不是没有钱，只是眼光太浅，当今的总裁也没什么才能，如果乔布斯还在，绝对不会让他的招牌沦落到目前的地步。

至于Disney台，我已没什么兴趣，在其他地方看了他们的新作《花木兰》，更失去信心。

其他的App多是字典。《康熙字典》我常查，《书法字库》少不了，《现代汉语词典》可以勉强应付单字。《中文字典》《中日日中辞典》《日华华日辞典》《英汉双解词典》《翻译全能王》等等都有时翻翻。

但用得最多的是谷歌，中英、英中翻译，它比所有的字典还要强，诗词句子的出处也要靠它查。一对节目有好奇，或在电影上看到制作者和演员，我都会上谷歌查，它满足了我一部分好奇心。这搜索引擎实是强大，将一切知识都存入，我已是没有它不行。它也有声音搜索的功能，许多朋友都用口指示，但我到现在还用不惯。

同类的百度令我非常失望，所有的资料都不齐全或货不对板，为什么连中文的百科全书都做不好？应该打屁股。

学问是每天做了，有时会觉得闷，那么只好靠《疯麻将16张》这个App去解解闷。在网上打麻将打得多了，和朋友打麻将时常赢，我觉得三人陪你，还要收他们的钱，有点不好意思。

图书在版编目（CIP）数据

过好这一生 / 蔡澜著 . -- 长沙：湖南文艺出版社，2022.6（2024.6 重印）

ISBN 978-7-5726-0679-3

Ⅰ. ①过… Ⅱ. ①蔡… Ⅲ. ①散文集－中国－当代 Ⅳ. ①I267

中国版本图书馆 CIP 数据核字（2022）第 069258 号

上架建议：畅销·文学随笔

GUOHAO ZHE YISHENG

过好这一生

| 作　　　者：蔡　澜
| 出 版 人：陈新文
| 责 任 编 辑：刘雪琳
| 监　　制：于向勇
| 策 划 编 辑：王远哲
| 文 字 编 辑：张文龄
| 营 销 编 辑：段海洋　时宇飞
| 装 帧 设 计：潘雪琴
| 封 面 插 图：红花 HONGHUA
| 内 文 排 版：麦莫瑞
| 出　　　版：湖南文艺出版社
| 　　　　　（长沙市雨花区东二环一段 508 号　邮编：410014）
| 网　　　址：www.hnwy.net
| 印　　　刷：河北鹏润印刷有限公司
| 经　　　销：新华书店
| 开　　　本：875 mm × 1230 mm　1/32
| 字　　　数：163 千字
| 印　　　张：8
| 版　　　次：2022 年 6 月第 1 版
| 印　　　次：2024 年 6 月第 3 次印刷
| 书　　　号：ISBN 978-7-5726-0679-3
| 定　　　价：48.00 元

若有质量问题，请致电质量监督电话：010-59096394
团购电话：010-59320018